埃德蒙·雅贝斯文集

埃德蒙·雅贝斯文集

腋下夹着一本袖珍书的异乡人

［法］埃德蒙·雅贝斯_著
刘楠祺_译　叶安宁_校译

广西师范大学出版社
·桂林·

腋下夹着一本袖珍书的异乡人
YE XIA JIAZHE YI BEN XIUZHENSHU DE YIXIANGREN

UN ÉTRANGER AVEC, SOUS LE BRAS, UN LIVRE DE PETIT FORMAT
Author: Edmond JABÈS © Éditions Gallimard, Paris, 1989.
Translated by LIU Nanqi
著作权合同登记号桂图登字：20-2021-205 号

图书在版编目（CIP）数据

腋下夹着一本袖珍书的异乡人 /（法）埃德蒙·雅贝斯著；刘楠祺译. --桂林：广西师范大学出版社，2022.1
（纯粹译丛. 埃德蒙·雅贝斯文集）
ISBN 978-7-5598-4428-6

Ⅰ. ①腋… Ⅱ. ①埃…②刘… Ⅲ. ①中篇小说－法国－现代 Ⅳ. ①I565.45

中国版本图书馆 CIP 数据核字（2021）第 225786 号

广西师范大学出版社出版发行
（广西桂林市五里店路 9 号　邮政编码：541004）
（网址：http://www.bbtpress.com）
出版人：黄轩庄
全国新华书店经销
湛江南华印务有限公司印刷
（广东省湛江市霞山区绿塘路 61 号　邮政编码：524002）
开本：710 mm × 930 mm　1/16
印张：10.5　　字数：78 千
2022 年 1 月第 1 版　2022 年 1 月第 1 次印刷
印数：0 001~8 000 册　定价：49.00 元

如发现印装质量问题，影响阅读，请与出版社发行部门联系调换。

作者像

埃德蒙·雅贝斯，1912年4月16日生于开罗。

1957年被迫离开埃及，定居巴黎，后选择加入法国国籍。

1959年出版诗集《我构筑我的家园》，收录1943—1957年间的诗作。

自1959年起开始创作《问题之书》：

1963—1973年出版七卷本《问题之书》。

1976—1980年出版三卷本《相似之书》。

1982—1987年出版四卷本《界限之书》。

1989年出版一卷本《腋下夹着一本袖珍书的异乡人》。

上述十五卷流亡中诞生的作品构成了埃德蒙·雅贝斯著名的"问题之书系列"，该系列作品因其创作风格的独特性而难以定义和归类。

埃德蒙·雅贝斯现已成为众多专家学者研究的对象，其作品已被译成包括英语、德语、西班牙语、瑞典语、希伯来语和意大利语在内的多种文字出版。

埃德蒙·雅贝斯于1970年获法国文学批评奖，1982年获法国犹太文化基金会艺术、文学和科学奖，1987年获法国国家诗歌大奖，并于1983年、1987年分别获意大利帕索里尼奖和西塔泰拉奖。

埃德蒙·雅贝斯于1991年1月2日在巴黎逝世。

目 录

一　011

被发掘之书的页面之一　021

二　037

被发掘之书的页面之二　047

三　057

被发掘之书的页面之三　067

四　071

被发掘之书的页面之四　083

五　095

被发掘之书的页面之五　119

六　125

七　135

蚀　141

译后记　147

腋下夹着一本袖珍书的异乡人

(*1989*)

只有在把你变成异乡人后，异乡人才会允许你成为你自己。

*

我有一次这样写道："如果'我'果真是'我'，那唯有某个异乡人才会更乐用此词。为最终成为自己，犹太人必须毫不妥协。

"异乡人中的异乡人。"

"凸显者不落窠臼。

"唯匹配者相似——有如一把钥匙开一把锁。相互之间的雷同塑造了我们。"

"钉子因钉孔成其形象。慧黠的镜像。钉孔以钉子作为抵押。"

"你眼前的，有赖于你的形象；你身后的，有赖于你既失的脸。"

*

"特异性具有颠覆力。"

——《旅程》[1]

---

[1] 《旅程》(*Le Parcours*)是"问题之书系列"第三部《界限之书》(*Le Livre des Limites*)的第三卷。

名字允准使用"我",但不提供正当性。

我与他人之间的联系层叠交错以至无穷;自下而上却从不同层——此乃彼此的间隔。
如从根到顶的椰枣树,他人构成了部分之我。

你称为"间隔"的那个东西,无非是一呼一吸的时间。
人所需的全部氧气都在他自己的双肺间。
虚空是生命的空间。

永恒将闪电化作生锈的钉子,正如它将片刻之豪气变为无用的锤子。

他说:"每一动作均被空无包围。"

世界的形象,便是我们内心中造物主的形象。
哦,再生之眼。

他曾经写道:"每只瞳孔中都有第一缕曙光之梦。
"黑夜中喷发的宇宙,或许就是应验的造物主之梦。"

有位哲人说过:"每道目光都有白昼里或提前或迟延的某个清晨。

"过去和未来为同一个不在场的形象你争我夺。"

我们能赋予他者以抽象的意义来思考他人么?
他人是一面未镀水银的镜子,他者以此看着自己。
想入非非的缺席造成受囚禁的缺席。

死亡是我们的女主人,是房子的情妇。
严肃和坦诚的尊重,标志着我们相互间的关系,这一刻令人忐忑。
哦,生命,善变的访客。

对生命,它是元音,是旅程;对死亡,它是辅音,起着黏聚的作用。

*

有位哲人说:"我们合上一只眼瞄准死亡——

即靶心中的那个黑点——唉，可从没击中过。

"死亡因为我们总打不中那个黑点而心生厌倦，所以有一天把我们的另一只眼也合上了。"

他又接着说道："死亡就在我们内心，一如在造物主内心；但造物主拥有自己的永恒；可我们呢，我们只有耗不起的片刻。"

*

他说："太神奇了！我梦见自己能捕获到各大洲沙漠之间持续了上千年的通信：黄色的、红棕色的、灰色的和白色的。

"黄色的沙指的是太阳。

"红棕色的沙指的是鲜血。

"灰色的沙指的是死亡。

"而白色的沙指的是用白色涂改液覆盖了的名字。

"哦，第一本书的书页。荒漠只对荒漠倾诉真情。"

我看到一个走向大海的词语。它不是"天空"一词，也不是"大地"一词，更不是"盐"或"种子"一词，而是"虚无"一词，是"空无"一词。

于是我告诉自己说,这个词涵盖了盐、种子、大地和天空。

*

建造坚固。
适时而建。

*

"我的问题不是'你是谁?',而是'你给我带来了什么?'"

回答是:"除了我是谁,我什么都没给你带。"

切忌向异乡人打听他生于何处,而要问他去往何方。

隐形的奥斯威辛,在其恐怖中现形。
除了已经被看到的,什么都看不到。
波澜不惊的恶。

有位哲人写道:"造物主多可悲呵,他犯了那么多错。

"如今,他的眼泪成了我的泪水。"

有人回答他说:"人在为造物主而哭,因为造物主的泪早已流光,他的每滴泪珠都化作了星辰。

"痛苦是一片星空。所有黑夜都在我们内心。"

*

本书的书页及其空白的边缘:渴望的家园。

词语高擎燃烧的火炬在此聚集,其结盟的标志。

今后有谁能从这堆尘埃中,从印刷过词语的那些纸页上辨识出这些词语?

群鸟。烟霭。

他说:"我所有的确信都存于这颗跳动的心,而它很快就要停止跳动了。"

有位哲人写道:"哦,多孔之石,我全部的确信就是关于存在的朦朦胧胧的非确信。"

穿透即奥秘。明天是一艘被太阳揭开面纱的帆船。

世界的雄性力量系于船桅。

黑夜对其终结无动于衷，对其有若阳光之短暂存在的结局漠不关心。

黑夜在决胜光明之前会有短暂失利。

他说："我们只能通过话语交流，可话语能表达的也只是我们的部分想法，所以，我们与造物主的关系就像与其他人的关系一样并不完美。

"据说造物主是以其目光追随我们的。那肯定是因为他不再倾听我们。

"造物主死于孤独，并为他的造物保留了与他相同的宿命。"

他又接着说道："这是在说造物主未能实现成为语言的野心，还是在说语言因未能成为造物主而心甘情愿地勾搭虚无？"

一本书。已然是一本书的凛冬。

生命的乖僻。

一

你是异乡人。我呢？

对你来说，我是异乡人。你呢？

星与星之间永远保持分离的状态；让它们接近的只有共同发光的意愿。

大师对弟子说："你知道为什么我们那些智慧之书——比如说祈祷书——都是小开本？

"因为它们都内含天机，而天机不可泄。

"灵魂的谦虚。

"爱以低语表达。

"我们那些大师的书是为适合我们的双手而制作的，它只为我们打开。"

造物主的目光有着所有新生儿那种纯真的独立性。

珍珠或果芽。

有位哲人说:"若没有我的场域,那我真实的位置何在?
"我还活着;所以我必定于某处在场。"
有人回答他说:"你真实的位置也许存在于所有场域的缺席之中?
"那不恰恰是不可接受之缺席的场域么?"
于是这位哲人说道:"此乃可寄身之无限。对我这个种族来说有若天赐的避风港。"

无论牧人还是水手,异乡人和异乡人之间总有空间存在,而无论大海还是沙漠,这片空间总由二者难以抗拒的晕眩划定。
旅程中的旅程。
漂泊中的漂泊。
人与人,就像果实里的果核,或大海中的盐粒。
然而,他依旧是果实。然而,他依旧是大海。

他说:"天空本应在我内心,唯其如此,我今天的话语才能拥有星辰的闪光。"
痛苦晦暗莫辨,但眼泪剔透晶莹。

时间之书易陨,随凡人的肉体消亡。

暂歇之阅读,点燃四极之烈火。

未能融入宇宙的世界行将灭亡。

神圣之流亡中的流亡者。

而造物主说:"我曾是孕育牧歌的河床。"

而人说:"你曾是流亡的支流。"

而大地说:"河床意味着对水源的遗忘。"

而天空说:"不逮云端,我遥远的天际便成了我的救赎。"

而造物主说:"河床已经干了么?"

而人说:"你在哪儿抛弃了我?"

而哲人将书密封起来。

表达方式的内在性。

生命抹掉生命。

死亡被应许给太阳。

"向我们走来的那位是个异乡人。"

"你怎么知道?"

"从他的眼神、微笑和步态就看得出来。"

"我觉得他和旁人没什么两样呀。"

"你再观察一下就知道了。"

"我可是一直没错眼珠地看着他呵。"

"他那双近视的眼睛在凝望无限;他那种受伤的微笑——一种其伤口的年代已极为久远的微笑——深埋在往昔的记忆里;他那放缓的步态无疑出于恐惧和猜疑。他知道逃避只是一种幻想。你看。他停下来了,他在思索,在犹豫。"

"他的神色的确不大果断。还有些笨手笨脚的,不断撞到行人而招来大声抱怨。白天的这个时候,圣日耳曼大街上的行人摩肩接踵。桤楼书店[①]琳琅满目的橱窗似乎也未能引起他的兴趣,虽然所有最新出版的文学作品几乎都摆在显眼的位置上,而且还有那些装帧精美的艺术书籍。"

"你搞错了。我肯定他浏览过其中几本。他不止一次跟我说过,他是逢书店必进的人。"

"现在他正四处张望,好像刚发现自己犯了迷瞪。他一个劲儿地在找什么?"

"可能没有什么能引起他的关注。也可能每件事都能引起他的

[①] 桤楼书店(La Hune)在巴黎圣日耳曼大街170号,曾是巴黎的文化地标之一,1944年开业,2015年歇业。

关注。"

"有人打断了他的梦游。他好像有些茫然。他们说了几句话,好像只是随意寒暄。

"你认识他很久了么?"

"是的,很久了。至于是不是真的了解他,谁知道呐?不过……"

"不过什么?"

"与其说这是我的问题,倒不如说是他的问题。我试着了解他,却摸不着门道。他给人的印象像个谦谦君子,也不乏诚恳和善,可就是捉摸不透。"

"就那么难以琢磨么?"

"我得说,也是也不是。之所以不好把握,是因为一开始很容易把握。"

"你想说什么?"

"表面上容易把握。内里如何就另当别论了。就说眼前这个人吧,他逃避又不逃逸。他在那儿又不在那儿。他在场又不在场。他近在眼前又远在天边。有时,这种拒人于千里之外让人觉得根本不可能有机会与他为友。"

"这能怪他么?"

"这倒也未必。尽管大家高看他,尊重他,有时也赞美他,但他一直生活在边缘,生活在一本不克穷尽的书的边缘。"

"你说的是哪本书?"

"我们那本书。我是说,我们在其中既是作者又是读者的那本书,我们永远写不完也读不尽的那本书。"

"总之,就是所有的书,这些书有朝一日汇成了那唯一的一本。"

"圣书。"

"他出版过不少作品吧?"

"二十来部。"

"和你一样多。"

"和你也一样多。"

"真是无巧不成书。"

"你可能对他的作品会更感兴趣。"

"我还说不好能不能欣赏。"

"先读读再说吧。

"每当别人就某部感兴趣的作品征求他的意见时,他总是这么回答。

"我们与书的关系是私人之间的关系。一本伟大的书只面向赏识它的人。

"他对我说,我们自己便是个谜一般的文本,我们试图逐页破解这个文本,结果是白费工夫。他又说,我们在读书时,读到的只有极少内容牵涉我们自己的灵魂和生命。但即便如此,其教益也往往足以令我们欢欣鼓舞,或者让我们遭遇灭顶之灾。

"作者和读者以同样的方式介入了书的未来,所以这个未来已不再是书的未来,而是作者和读者的未来。始终有待书写和阅读的东西会预示其前景。但如果预示的前景并非那么清白无辜,该当如何?那是否意味着所有命运都已然写就,所以必须先行阅读?

"他还喜欢反复重申,说由于迄今为止尚无任何作家前来认领一纸页面的往昔和未来,所以他为了将纸页从其不具名的困境中解救出来,只得先签上了自己的名字。

"我们从没有完整地写过一本书，都只是写了开头和结尾这两重深渊。"

"你这位朋友去世了么？现在他就站在几米开外，在对面的人行道上，活蹦乱跳的，可你却用过去时回忆他，这实在让我困惑。"

"他对我说：'您看，我没有面孔。我现在显示的只是我当下的脸。确切地说，作家之所以是异乡人，就因为他必须从语言中借用一张脸才能展现自己。

"'书或许并不存在，只有纸页深陷于书写的烦恼，而另一张纸页又会反过来困扰这一纸页。受表达支配的表达。

"'作者想表现的绝非自己，而是描述和叙述他的词语。同一时刻的阴影和光，同一条生命。'"

"你还在用那种暧昧的过去时说话。我听着有点儿不舒服。你是不是故意这么做的？"

"我不止一次在谈论他或读他的作品时都觉得似乎重新回到了远古的过去，我的过去也曾在那儿挣扎过。

"我一直都意识到他的话语就是我的话语，但这些话语牢牢锁定在记忆深处，得用一种当代的声音才能把它唤回眼前。

"'所有书都超越了时间，'他说，'作家试图将其带入自己的世纪。成功了，他的书就是好书；失败了，就只能向其读者提供某些不靠谱的页面。'"

"听你这么说，人家还以为你是在和一个幽灵打交道呐。"

"他是一具血肉之躯；的确，是和我一样的血肉之躯。这个异乡人揭示了我身上的异乡性,用的不过是让我坦诚面对自己的手法。

"他说过:'作家是地地道道的异乡人。到处都容不得他安身,所以只好躲进书里避难,可词语还是要撵他走。因此每部新书都只能是他临时的避难所。

"'永恒的贱民。'"

"他是犹太人么?"

"是犹太人。你为何有此一问?"

"没什么特别的意思。说起'异乡人',就让人想到了'犹太人'。"

"这反应很幼稚。不够健康。会引发悲剧后果。没有人生来就是异乡人。你表明异乡人的身份,你就变成了异乡人。"

"谁又愿意变成异乡人呢?"

"首先是犹太人自己,因为犹太人就是那本永远无法穷尽之书的希望和消耗。其次是你和我,因为我们用这本书、用这本充满了我们诘问的无限之书构筑起了无限的空间。"

"所以我们仨都腰弯背驼了。"

"有段时间,他的举止怪诞到连他的挚友都感到不安。

"比如说吧,有一次他在严肃的讨论中无端大笑,令听众瞠目结舌,觉得他这种突如其来的欢乐就像是一种让他们脸红的侮辱;但从他那一方面讲,他并不是有意挑衅,不过是控制不住自己,想让大伙儿分享他的诙谐罢了。他选择的只是个插科打诨的时机,好让听众进入他的游戏。

"他说他不信任不苟言笑的人,他把这个当成试金石。"

"你也说过这类的话。"

"种族主义令他苦恼。因为他本人无疑就是受害者之一。他宣称种族主义是鼠辈的胜利、人类的终结。不过他对此有自己的解释。他说，种族主义者是那种否认他们之间存在差异的人，唯有在面对其他种族时才会坚持这一立场；他强调说，这些人误入了歧途，被他们自己、他们的国家和世界上所谓的'同一种过去、同一种宗教、同一种观念'所蛊惑，就好像灵魂只能为某种单一的声音而震颤、心灵也只能激动一次似的。

"因为最初的种族主义者都否认'原初之自我'。所以'成为自我'就意味着独立。意味着习惯孤独。意味着在与生俱来的矛盾中成长和学习。'我'并非他人。就是'我'。探索这个'我'是我们的使命。反犹主义者永远不会宽恕犹太人有能力成就自我，永远不会容忍犹太人把宇宙变成人民有管辖权的宇宙，而人民受坚定的信念驱策和激励，当然要反抗一切强加于他们身上的藩篱。"

"你这位朋友可真是个奇怪的家伙。他是个怪人么？"

"一位哲人。"

被发掘之书的页面之一

发生：为一段长久的流亡申辩。

他说："'我'并非大理石块，而是脆弱的石膏花。"

无限的延展除了靠自身对无限的恐惧，还能靠什么？
虚无是虚无的刺激。

字词的力量：黏合。

充当艄公。修补河岸。

确定不确定性。固定非固定性。

哦，脆弱的瞬间。哦，人为的和不牢靠的界限。无限与永恒绞尽脑汁展开竞争。

*

伤口与伤口相互关联，犹如手与伸出的手相互关联。

切勿采信这样一种错误观念，即异乡人因其坚守自身的差异而不能团结他人。

他的责任感只会变得更加敏锐，使其在所有承诺之外加上抵抗生存逆境的承诺，一如抵抗意欲毁灭他的伤害。

他曾说过："人之书是一部伤害之书。"

如果伤害之书只是书之伤害，该当如何？

……伤害，犹如斩断灵魂的利刃。

总的来说，一个文本就是一条断裂之线。

抑或一条信仰之线？

这部伤害之书或许只是一部痛苦之书。

梦想或天堂都并非完美。
它们都是碎片。

下笔之处,那尘土飞扬的小径便是选择要走的那条。

他曾经写道:"如同血腥的回声骚扰隐居之珍珠的行为连累了大海一样,沙粒作为有罪的无限,拥有对荒漠不可磨灭的记忆。"

他说:"思想在发现。人在学习。话语在知晓。"

浮现于虚无,思想令其闪光。

你躺下。躺下。
你没察觉自己正在消失。

凡事有先兆。这一点我承认么?我可是没料到。
我当时想的是:"不会这么快吧。"
那驼背人着实让我印象深刻。那圆圆的背让人过目不忘。
"挺直点儿。"我不停地告诫自己。然后又失望地放弃了,因为我明知自己在这方面无能为力。

可今天,我能肯定我就是正在谈论的那个人么?至少这次忏悔开始时我还是搞不懂为什么总在敷衍这个问题。

至于那个驼背人,本可以作为这几页受声讨之文字的标题,不过我还是决定把这个机会留给读者,没准儿他们会有好奇心。

这里没有想象,只有受过训练的关注和勤勉的观察,只有对生命某一天的黑暗尽头的苦涩评价:惊奇或幻灭的一纸小结。

每天早上醒来时,我都会对自己说:"千万别相信自己的想法。只须观察,只须记录在案。

"于是,我追寻可见的每一缕或明或暗的蛛丝马迹。且一丝不苟。

"出于懒惰或没兴趣,我并不总是事事记录在案。我必须学会用充满沉默的词语书写。

"每本书不都是一部迷失之书离奇而悲催的故事么?

"当然,这是一场游戏。我不是常忘掉自己是谁或在哪儿么?

"我来自另一个国度;显然这就是原因所在。

"不过我还记得,即便在我童年的祖国,我也常常觉得自己来自另一个地方、另一座城市、另一片大陆,却说不出个究竟。

"说不出自己的出处,无异于承认自己来自乌有之乡。那也太可笑了。

"我闭上嘴巴。表现得就像个……

"我是个沉默者。既然现在我和自己的生活拉开了一段距离,便想弄清楚我对沉默的偏好是不是因为总觉得自己难以确定籍贯的缘故。

"甚至在了解了荒漠之前,我就知晓荒漠是我的宇宙。只有沙粒才能伴随沉默的话语抵达天际。

"在沙上书写,聆听时间之外的声音,废止一切界限。无论是狂暴的风声还是静止的空气,那个声音就在你眼前。它预示着要攻击你,要把你碾碎。那是来自深海底层的话语,而你们只是其中让人不解的噪声;是聒噪的或无声的在场。

"如果需要一幅虚无的图像,沙粒可以提供。那是我们之间联系的尘埃。是我们命运的荒漠。

"对背井离乡者而言,树木是一部分风景,但风景却挽留不住他。

"那一块块无名的石头已化作幢幢建筑,在无名的荣耀中拔地而起。哦,我在一座座城市里游荡,我找寻旧日的时光,我在厚重的高墙裂隙揭开的每一道伤口上阅读它。你那些被水泥和石灰糊住了嘴巴的石头,它们不顾你的拦阻而认出了我;因为它们和我一样,并非土生土长,它们只记得自己被开采的那个夜晚,那个潮湿、繁忙的夜晚。

"我一直靠漂泊过活,犹如有产者靠年金过活,我从祖先处继承了一片充满敌意的土地。我是不是还要再加上一句:虽说那片土地充满敌意,那或许才是我唯一的财产?

"作为异乡人,只有陌生的世界才能成为我自己的世界。"

*

"定居"一词对我毫无意义。

我听到这个词的第一反应就是听而不闻,就像它是一个谬误百出的蛮族词语。但我立刻又恢复了镇定,藏匿起自己的不安。我总是这样重施故技。

每当在街头或咖啡馆遇到朋友,我都觉得事出有因,觉得是某种超凡之力诡诈地介入了我的生活,为的是让我局促不安,让我无话可说。

还能有什么其他解释么?

在某个扑朔迷离的地方——某个乌有之乡的场域——与某个完全清醒且提醒你他从未离开过这座城市的人交谈,这种司空见惯的在场马上会让你意识到种种极为重大的可能性就是为了让这一切发生而存在的;你与他,你们俩住在同一个街区,经常在同一个时间光顾同一个地方,这就足以让你吓得四肢瘫软,时间和空间的差距如此之大,或者说,环境的改变如此剧烈,使得心灵无法承受,遽生困惑。

也许,我们现在所在的这个地方,我们从来也没有完完整整地待过?

荒漠中,既无大街也无林荫道,既无死胡同也无马路。这儿或那儿,时而会有部分足迹,但这些足迹很快就会被抹掉并被掩饰。

*

这条没有过渡的通道,从虚无的现实通往一切的幻想,从某种"虚无"的梦想通往"近乎一切"的凡庸。总之,它是从"一切"通往"近乎虚无"的通道。

对我而言,我能毫发无损、顺畅安然地通过么?

我会将这条通道与白昼通往黑夜的通道进行对比,那条通道对我们来说可谓司空见惯,丝毫不会引发我们任何惊奇的感觉。但有谁敢装作没看见那貌似可信之黄昏的"恶"是如何让我们与这个世界一同殒命的？——这是一个以我们交杂的鲜血玷染了地平线的世界，西下的夕阳可以作证。

宇宙就在我们眼前闪亮和变暗。

恶啃噬着虚空、空无和虚无。我们能否就此得出结论说，它们在无谓地淌血？

在曾经的存在和未来的存在之间，有一处震颤的罅隙发出呼号。

人的呼号，或是造物主的呼号，又有何干！

那是某个被背叛的天空和某个伤痕累累的世界的呼号。

*

会不会唯有这样一片荒漠，在这片荒漠中，造物主将人托付给人，圣书向书开启？

造物主的缺席是支撑世界的无限之虚空。

无可质疑的虚无。

名字写于沙中。沙在名字中被阅读。

生与死争抢的是同一口呼吸。

灵魂如第一眼水井那般纯净。

破碎的世界如此透明，荒漠才得以拥有斑斓的色彩。

未来之梦，如此饱经风霜。

此种相似，此种不祥的单纯意象，迄今亦只是欲望的秘密目标而已。

*

有位哲人说过："目光足以穿透不可见之物，一如钻石的棱角足以切断光滑的玻璃。"

这位哲人还说过："生死之书中，字里行间漫溢着幸福和苦难的模糊区隔，为的是方便阅读。
"词语表达的唯有其自身的孤独。"

不可见只有在其不可见中才是可以想象的，但其与可见之间的复杂关系却是可以感受到的。
"看见"与"看"相悖而行。

"我在你眼睛里看见了自己的一个形象，"一位哲人对他的弟子说，"一个让我们俩重返虚无的形象。"
弟子说："死亡会不会在这个点上搞混我们俩的形象呢？"
哲人回答说："从前，这个点也曾经是造物主从中认识了自己的那个形象。
"希伯来语把这个点变成了元音。
"哦，圣歌。"

一天,这个点恰巧跌落在书的最后一个词语的前面,终止了对书的阅读。

造物主在造物主中消失了。

*

有位哲人说:"世界不可见。我们要把它还给目光;同时我们要让那本不可读的造物主之书变得可读。"

这位哲人的弟子们说:"那是虚无中的一处高地,太阳照不到,众星曾在此沉沦。

"如今,它是那不可妄呼之名的一处传说之地,因为所有的字母都已熔化。

"我们包围了这座缺席的城堡,城堡陷入了吞噬自己的火海,自此它便用自己的尘灰掺和起我们那些兄弟的骨灰写出了我们的书。"

听到这些话,这位大师便已明了,每个词语中都有弟子们自己的痛苦。

所有孤独的话语里都有一种无分大小之话语的孤独。

日复一日，夜复一夜。

绝非是写就的词语抹掉了我们，而是词语中那些被抹掉的词语抹掉了我们。

书允许我们阅读这两种抹除。

*

你的缺席需要一张脸；而这张脸很可能就是某种命运。

垂下眼睑吧。你只看得见自己，而你从自身看到的是一片多沙的、有着数十亿粒干渴的荒漠。

独立行走吧，听凭内心行走。请不时抬起双眼，坚信天空并未将你抛弃。

你的城市是一片蜃景。在宇宙的目光里，大地就像一只迷途之鸟，翅膀太嫩，无法单独挑战未知。在这柔性伸展的星球上行走吧，仅仅虚无就能令其旋转。你在哪儿？你已陷入了现实和不可能的陷阱当中。请另寻出路吧。

夜已然降临。

此时，你城市的高墙被来自内部的光刺破。被神秘占据。

清晨，对峙的墙互为敌手。

幢幢建筑鳞次栉比，或古老或新建，或破败或奢华，或亲切或傲慢，一如人群中每个人相互之间的关系。

你行走着，城市微微开启，等你通过后又在你身后闭合。你在追寻什么幻想？何等怪诞的梦？你所期待的，始终守候着你。你知道么？你会左转还是右转？你有明确的想法么？

所以，人家很可能认为你的神色模糊而不安。

而你的微笑无非是挥之不去的怪相，是面部的痉挛，你竭力掩饰的焦虑暴露得一览无遗。

你擦身而过的墙壁后面，同样有人怀抱希望。或者说，也许由于他们过早地乞灵于自己的幸运之星，所以已然失去了所有希望。

可如果我们至少明白我们要的是什么样的未来，我们迟早都会发现，在其尚未成为我们自己的未来之前，每个人的未来其实无分彼此。每个人都会以自己的方式去顽强地捍卫这一未来。

人被迫使用这个世界流通的货币，却永远不能成为这个世界的主人，一如他是自己躯壳的主人，可这具躯壳却一直在逃避他。还有那颗飘忽不定的灵魂。

思考斩断了他与自我的纽带，使他得以在切口处自我思考；因为，若不是为斩断或松绑以摆脱过多的束缚，要思考何用？这就像"瞬间"突然背离了"永恒"。认知便是以这种掠夺为代价的。

这是为了汇聚起我们生命的力量么？一切创造都在盲目地征服高峰。而峰巅却在我们内心。

漂泊是我们最后的机会么？毫无疑问，对那些明了唯有知识才是我们最强大后盾的人来说，人的骄傲与荣耀有如疾风暴雨中的草芥般微不足道。

要面向未来思考；但如果这个未来犹如往昔，不过是我们对自己过高的期待，该当如何？是的，如果归根结底我们都只是这个未来的造物，如果这个未来让我们心慌气促且盲目地驱赶我们向它靠拢，如果我们永远都不知道自己是谁，那究竟是谁之功过，而我们又当如何？

有位哲人写道："就像你被创造或被抛弃一样，现在轮到你去创造或抛弃这个世界了。

"未知提升我们，未知压迫我们，未知塑造我们。

"思考吧。像狂热爱恋一个女人那样热爱你自己的思考吧。

"没有欲望就没有思考。"

*

有个小姑娘在街上唱歌："让河流有足够的空间灌溉我们的土地，让燕子有足够的阳光陶醉于屋顶。"

在那儿，我们的道路阡陌纵横，我们的翅膀亲密无间。

有位哲人写道："是那些高墙分开了我们，是那些好客的石头房子分开了我们。这些高墙将内外之间和内外人群之间划分出根本界限的同时，也让我们习惯了素昧平生。

"墙外是异乡人。而在按照我们一己喜好而布置的房间里，所有空间都只为我们自己所用。"

这天晚上，我满怀好奇、同情、消遣或怜悯的心情，看着从我窗前经过的各种年龄的夫妇或单身人士；其中有些人步履匆匆，急于回到温暖、舒适、幸福的家，以摆脱一天辛苦带来的疲惫、无聊、忧虑和失望——其实此前每天都不过如此；而另一些人则表现出一种又得面对孤独状态的莫名恐惧，毫无过渡地面对自己的孤独状态。

他们的名字刻在锃亮的铜牌上，钉在公寓的主入口，证明他们是存在的，如青草和阳光、月亮和米粒，或如蚯蚓和摇头摆尾的鱼一样。

拆掉那些高墙吧，这些墙不是为了保护我们，而是为了分隔我们。

我们对墙外的呼唤、喧哗和呻吟充耳不闻，我们加固自己的庇护所。我们的住宅先是上了锁，而后又密实地封闭起来。

怎么可能不是这样呢？

一旦把某块地皮辟为自己的家园，不也就自动排除了邻人么？

我们在宇宙间的这处庇护所，为什么会反常地成为我们聆听世界并且可以随意使用、提问和沉思的最佳场所呢？为什么它会像温室一样，令稀有的鲜花绽放，让时光流逝而不可知？为什么敏感的灵魂会在此陷入沉默，并感受到一种无与伦比的永久满足？

这促狭之地的无限之处便是我的场域。它不是我的家，而是无限辽远之空间里的一个偏远的船籍港，是一处机运的要塞，我有全权深入其间，以便对自己的生活进行盘点，让它更好地活在铺天盖地的真实当中。此地的墙具有空气的厚度，并已矗立了数个世纪。

033

骨断筋折的天使，你长着神授的完美翅膀，你这幻影般的造物，由天空和荒漠孕育，专为飞翔和尘土而生；你是生命与死亡、无限与瞬间、永恒与呼吸的守护天使，你坠落时我曾救助过你，从此你就再也没离开过我。

虚无与虚无之间绝无隔绝。

绝无无用的话语，每句话语都是必需的，且首尾相连。

通过虚无认识虚无，在那儿，完整性因其明目张胆的冒名顶替而被逮个正着。

强加于人之物，将其控制建立于迷惑力之上。迷惑力是相对的。

虚无令贪婪清醒。

遗忘屈尊地守望。

今夜，请像一个被夺去温情、狂吮骨瘦如柴的乳母那干瘪乳头的断奶孤儿一样，守望这座我的童年前来避居的城市吧。

这座城市并非我的城市。

我在自己内心的另一极漂泊，那里是干旱、荒芜之生命的边界，是一个以音标标识而存在的边界，在那儿，字词无时无刻不是个调解者，在那儿，我的梦想抛弃了我。

那粉碎了的，得以揭示；那消失和歇息的，已停止向书行骗。

星星奋力成为全夜空的闪光，字母在变薄的纸页上留下完美的划痕。

然而，夜晚为无数星辰和页面——即词语——祝圣。

*

据说他并非真是驼背。是重负压弯了他的腰。

漂泊中的犹太人,他手拿木棍的影子投射在书的每一页上。

每一页都在惩罚他,因为他还活着。

二

词语中有恶存焉。

词语伤人，又格外体恤人。

奥秘存于其诡秘的举止中。

我们知道空气是一道光；是虚无的斑驳光点。

*

有位哲人写道："情感是可见的么？有情感的灵魂可以通过躯体表现或揭示出情感的厚重或虚浮——呻吟或微笑——从而让他人得见自己的情感；但纯粹的情感本身——欲望、魅力、反叛、拒绝或遗憾——则是不可见的。

"目光是可见的么？是的，目光能见到一切，反过来也使自己暴露于光天化日之下而为人所见。可目光依旧是不可见的，因为它所见的所有人或物只徒有其表；而外表回馈给目光的唯有缺席，即无限的虚空，在那儿，有争议的图像和面孔堆积如山。

"眼睛之死，并非死于其所见之物，而是死于其永远不逮之物。

"话语是可见的么？自我表达时，由话语构成的形式、风景和色彩在我们眼前滚动，让我们觉得话语可见，但这些形式、风景、色彩只能被我们的心灵接收，只能在其占据的无形空间中被想象、梦想和思考，实际上它们是不会让我们看到的。

"某种无形之物将堆积如山的财富向我们揭示出来。而我们的言说和书写，无非是在黑夜中清点这些隐藏的财富。

"声音是可见的么？我不仅听得见自己的声音。还能看得见它。

"我之缺席的喧嚣图像。

"脸是可见的么？或许我们正是借其原初的不可见性——即造物主之面孔的不可见性——徒劳地试图察看那张脸的轮廓。

"真正的脸存在于与之同在的非相似当中：一张精心打造的缺席之脸。"

他说："必要的话语首先是已参与的话语——通过其自身的介入而让我们参与其中。客观共谋之话语，融洽亲近之话语。"

*

玉的特征。它所希望的色彩都能在犹太教中找到，还能找到异质石性的那种深重孤独和无法以岁月度量的忧伤。

"'我'特指异乡人。我们说：'我'，这个代词一出口，就为了一个说不出口的'我'把我们抹掉了，而我们才是这个'我'的正宗和主音的标识。严格说来，我们甚至连'我们'都不能说，因为那是在不牵扯他人时凑合用一下的提法，而'他人'对其自身和其他人而言，都已然是异乡人。

"有一次他对我推心置腹：'我每天自问：异乡人是怎么回事？我们是怎么让自己觉得——而不是让他人觉得——我们是异乡人的？我们怎么可能是为了他人而不是为了自己而拥有了一个名字、一张脸的？谁在骗谁？有什么不可告人的目的？

"'因为在我们眼里，异乡人并非一开始就是异乡人，至少是一个为了在他本人眼里不被看作异乡人而奋力抗争的人。

"'我之所以与社区、集体、社团、团体和大小群体始终保持距离，就是因为我内心里深知，必须尊重异乡人，而且正是托异乡人的福，我才能期望成为我自己并被他人认可。

"'我首先质询我，这正是此两种可能性之间的较量。'

"他接着说道：'通常情况下，每当某个初识者出于礼貌或好奇与我攀谈时，我都对他急欲与我交谈大感不解，好像他在急于与自己交谈，好像我遽然变成了他似的。

"'真实的话语绝无仅有、不可分割，因而纯属个人。

"'难道所有真实的对话只是两个人之间流动的独白么？只是相互的供奉么？'"

穷人是少数。大多数人总会组成生活条件优渥并享有特权的社群。

强对弱。

圣者特立独行。哲人生来孤独。

*

"你和他的交情是怎么开始的？"

"这个故事可太长了。"

"你给他写过信么？"

"他说他手里有我几封信。"

"然后呢？"

"是这样：这份交情源于我对他的作品兴趣日增；我读他的作品越多，就越是远离自己，这是与他交往的必然结果。我模仿他的举止、他的词语；我接受他的幻觉，消除他的失望。

"我必须聆听他，在他的寻觅和漂泊中亦步亦趋地追随他，而且，为达到这个目标，我把自己的生命一笔勾销了。要想聆听他，就得放弃自我。"

"放弃自我?"

"无论肉体还是灵魂都要统统抹掉。抵达虚无。"

"难道要与他融为一体,让自我永远消失么?"

"投注于虚无。最终成为乌有之人。重获开端——这个开端即为虚空。从零开始。

"虚无乃个中关键。是它开启了未知。

"哦,空无,它比太阳还要古老。

"人类的诞生。"

"他对你的影响那么充满理性、卓有成效且意义深远,所以你只有摆脱自己才能全盘接受么?

"是为了清空一切,再注入虚空么?"

"与其说是影响,毋宁说是默契。是契约。

"死亡中,若不为以取自火中的一句话语去交换熊熊烈火中的一句激昂的话语,写作还有何用?

"以已燃之火交换烈焰中盗取之火。

"以地面之火交换升腾的蓝天之火。

"以奴役之火交换征服之火。"

"这就是火的历史?"

"我们的历史。"

在效仿中要当心无法效仿之物,它既可增光又能添乱。

他说:"结合难道仅仅是两类孤独——这两类孤独都对孤独恐惧尤深——的共融么?虚空是虚无的现实,同时,一切不过是非思想模糊的面孔。

"没人能区分这二者。"

他又接着说:"那位哲人的感知令人心寒。一切中,他只能看到虚无;虚无中,他只能看到一切。

"于是那哲人啜泣起来。"

"他总是竭力挑战对话者并令其无言以对。某日下午当我们一起散步时,他对我说:'我如果打算和某人见面,通常会让他确定见面地点,因为我总怕误导他,比如说,我若是搞错了城市或国家该如何是好?

"'把我的地址给他则是另一个问题。'

"我回答说:'你的地址就在电话簿里呵。'

"'电话簿里确实有我的名字和电话号码。可那真是我的名字和号码么?我们都靠各自的名字结识彼此,但它们真的属于我么?我真的是我家族的姓氏所赐予生命的那个人么?

"'如果我可以质疑证明我活生生存在的那份文件的真实性,我正好可以问问隐藏在自己这个假名之下的究竟是何许人?除非这个名字像造物主的名字一样内部空空如也,否则它只能意味着是一处为他人预留和保管的所在。

"'可问题依然存在:一个人除了名字,如何能证明自己就是那个人?

"'异乡人或许就是这种其身份不被认可的人,我们一直强调他应该有个名字。

"'我便是虚无么?虚无所玩的游戏难道就是这个我么?

"'要说存在,更多的是在说当下成就的东西,而非已经成就的东西,'他又补充道,'我们原封不动地接受了这个既成的世界。它是强加给我们的。它不是创世所生成的那个世界,而是自我不断创造并不断杀生献祭的世界,这就是我们的世界。

"'异乡人始终把自己置于故事的开端。这一时刻,万物众生和宇宙的链条就与我们的死亡紧密相连了。它独立于当初的持续时间。

"'存活。哦,源头。所有出生都是光芒四射的复活。'"

*

没有人期待异乡人。唯有异乡人抱有期待。

"切记:严格说来,看待异乡人之道就是或许本无异乡人。

"成为异乡人中的异乡人,意味着同时还得对他人的异乡性保持异乡人的态度。

"反过来说,尊重其特异性,意味着他也要表现出对我们的认同。

"一棵树与另一棵树虽彼此陌不相识,但树与树同在,就可以扩大森林的面积。

"一个人如果执着于'一',执着于成为唯一的、特异的那个人,他便知道自己是一个异乡人;如果他认可此点并极富修养,便已经为接受'我'的到来而为自己——也为我们——做好了准备。

"主格的我并非宾格的我。主格的我是一粒种子;而宾格的我则是播种的土地。"

"'而这,'他说,'就是为什么我表现得既像主格的我又像宾格的我。

"'首次来到这个世界的可能是主格的我。首次感受到这一事件影响的则是宾格的我。

"'但大地才是深渊,而种子则是一片羽毛。'

"关键在于,人能否在这种周期性的勉强觅得自由的过程中,用自己的双手自由地打造一己命运。

"我们能否让异乡人否定自我,能否将其强行划归于某种管束之下?——这种管束强调他与他人的相似,并导致他走上了可悲的克己之路。我们曾情不自禁地谴责他,仅仅因为他的'异乡性'之名,仅仅因为他自己号称的这一不准确的、轻率的、难以回避的名字,而这还不是最坏的情形;他遭受迫害的名义居然是因为一种称号。

"异乡人见证过扎根的脆弱性,因为他本人亲历过在那片动辄生变、翻脸不认人的土地上立足的过程。

"所有土地都在烦扰他对土地的梦想;所有天堂都存在于他的天空。

"犹太人被迫选择了漂泊的生活,但他既不能也不愿承认这一点,他在颠沛流离中委曲求全,他认为正是这种困顿使他成为他应当成为的人。他无条件地反抗导致其流亡的自主状态,而他将倡导并忠诚于这种状态。

"这种状态向我们展示出一个在极度匮缺中启动的生存计划,并由此强化了犹太人与他人和世界的团结。

"流亡是一所增进兄弟情谊的名校。异乡人便是这所学校里的优等生。

"要在所有这些中断的联系中成为那中断和延续联系的人。如果异乡人便是这四分五裂的地平线上那天生的编织和加固这种联系的人,该会怎样?

"如果所有人都不再认识我们,难道不正说明我们在孤独中小心翼翼地塑造了一张不能复原的脸,而世人都把这张脸看作极具危险的诱惑?"

被发掘之书的页面之二

犹太人不会对这个排斥他的世界歌功颂德,却在歌中学会了解读这个世界。

有位哲人说:"所有作品中都隐含着书的问题;犹如所有言谈中都隐含着人的问题。"

他接着说道:"在任何你试图建立自己统治的地方,还隐含着异乡人的问题。"

异乡的美妙之处,有时又如此残酷:哦,问题。

他说:"没有人能像异乡人那样引发如此多的不信任。东道国道貌岸然的公民们对异乡人所表现出的那种明显的不理解、自私自利甚至有时给他们造成的悲惨后果,都使异乡人有资格成为人类团结的代言人。"

他接着说道:"你犹豫着不愿与那个人握手,他便会为这种犹豫支付代价。

"你不愿握住那个人的手,他便支付了这一姿态的代价。

"多数情况下,此类代价都过于高昂。

"代价便是得不到造物主的宽恕。"

这位哲人回忆道,当造物主想整理他自己的书时,他的一根手指卡在了两张纸页中间。为了抽出手指,他只好重新打开书,阅读卡住他食指的那个句子,并镌刻在我们的记忆中。

他所有的弟子都记住了这句话:"你永远都会在写下这种痛苦的人的痛苦之上书写,你永远都会在书的痛苦中阅读你的痛苦。"

*

花满枝头。对卵石而言本无花季。

若我们能思考透明度,就能思考造物主。

我们在书写中出生,在涂抹中死去。

＊

　　槽口。木匠刻下的一个记号是否足以使整座有支撑的大厦免于坍塌？

　　造物主记忆中出现了一个空洞，世界随即陷入虚空。

　　遗忘。

＊

　　他说："太初或许源自造物主对某种开端的热望。

　　"滥权的迷雾。"

　　客体之于思想，有如鲜花之于蜜蜂；它的食物和它的蜜糖。

　　他说："啊，有谁能在思考的过程而非思想本身允许被思考的过程去构设思想？"

　　他接着又说："我们称之为思想的那个东西提供给我们的不过是它的一小部分，而我们靠这一小部分便构建起了我们全部的生活，偶尔也构建起了我们的作品。"

思考时，首先要思考的是需要思考的事物。

思考是体验；是思想的体验，也是体验的思想。

将你之所想付诸实践。抵押给生命。

我思考。思考创造了我。然而，它是我的创造物，一如我是它的归宿。

我的责任始于思考。

*

有位哲人说："爱情激发天赋，兴趣使之褪色。"

他又接着说："爱情都是首先从对另一个人的兴趣为主线开始的。

"然而，随兴趣行事岂不意味着逆爱情而动？

"那么，爱是什么？我们怎样，啊，我们怎样才能仅有爱这个动作呢？"

"我们的爱面向他人，"有人回答说，"而兴趣则令我们重归自身。

"或许,这两条路殊途同归。"

于是这位哲人说道:"爱的模糊性即是人类之复杂性的来源。"

*

问题在于:我要在什么意义上守护他人?

首先,我是要守护的那个人么?

该隐①对造物主说"我岂是看守我兄弟的么?"那句话,我读的时候觉得意思是这样的:"我是这片土地的所有者,我在这片土地上辛苦耕作,一颗汗珠儿摔八瓣,凭什么要为选择游牧、放弃从土里刨食的亚伯负责呢?"

如果该隐说"我岂是看守我兄弟的么?"那句话的意思只是想提请造物主注意,希望请他来解决农耕生活与游牧生活之间永恒的冲突,该当如何?

我能对另一个人的选择负责么?我至多可以判断对错地接受它,但无论如何也不能放弃自己的选择。

该隐奉纳给造物主的礼物是富人的供物,而亚伯奉纳的则是穷人的供物。

该隐对造物主可能是这样说的:"我供奉给您的是我劳作所得的一

---

① 典出《旧约·创世记》第 4 章:该隐(Gaïn)是亚当和夏娃的长子,亚伯(Abel)是他的弟弟。该隐种地,亚伯牧羊。上帝偏爱亚伯的供奉,该隐因妒忌而将亚伯杀害,被罚永世流浪。

切。"而亚伯说的可能是："主呵,请接受我供奉给您的这份虚无吧,这就是我的一切。"

在一切与虚无之间,一场残暴的谋杀发生了。

造物主诅咒了该隐,因为他竟敢借他的名义对自己的手足痛下杀手。

于是该隐明白了,一切与虚无不过是人类之贫困和神圣之不公的两极。

该隐惊恐万状,从此试图避开该隐。

*

在此揳入另一个问题:我能守护在我之前存在的人或物——拥有自主权、拥有经过认证的存在资格的人或物——么?简言之,在我并不存在的情况下,我能对已被创造或正被创造的某个世界的过去和未来负责么?

如果我守护你,你就属于我。我有权如此约束你么?这会影响到我们各自的自由。

况且,那另一个人只是一张脸,或者更确切地说,他总是以一张脸的形式呈现在我们面前,因此归根结底我只是在对一副人格化的面孔负责——拜这副面孔所赐,我得以让自己形成对这个人的某种观念,而这张脸根本就不见得是他本人的脸。

所以说,我怎么能对这样一张脸——这张脸也许只是相似于我赋予他的那张脸——负责呢？

此种情况下，我要负责的可能不是他的脸，极有可能是我自己的脸。

真实的脸是脸的某种缺席——被剥夺了脸的某个人的脸——脸的缺席变成了我的责任之脸。

那是被押送到奥斯威辛集中营或分散在世界各地的屈辱营、灭绝营的众多面孔。

非脸之脸。

脸之非脸。

*

有位哲人对弟子们说："现在该要求造物主对创世担责了。他不应当成为唯一一个逃避其正义的人。"

弟子们答道："他是唯一一个不了解这件事的人。自从退出宇宙以来，他不是一直都是那个无限的遗忘么？"

哲人说："造物主是那个自有永有者的孤独，是唯一一个既是往昔又是现在的存在者。"

他又补充道："'永存'面对'瓦解'时无能为力。"

*

我对世界的责任与世界同时开始。

我对世界从中浮现的那个世界的缺席负责。

对我而言,宇宙和我的同类首先意味着某种缺席。他们存在于其缺席之中,我的任务就是和他们一起并通过他们填补此种缺席,以便能让他们存在。

我要对世界的一体性负起责任,也就是说,要对可想象的一切担责——这就是我的角色。倘若我不能对无形的虚无承担起我的那份责任——因为一切的可读性即建立在该无形的虚无之上——我又怎能承担起我的责任?缺席无非源于在场的失败。

缺席是持续的匮乏。对他人而言,这就是为什么我顶多只能对我们两人不堪忍受的匮乏负责。

如果这种匮乏表现在贫困上,则我要担责的只限于另一方现在缺乏或一直以来都缺乏的东西。此时,我要对他的贫困负责,要对不属于他的或不曾属于他的东西负责,但绝不是对属于他的东西——即他的财富——负责。

虽说我的责任可能无限大,但这种责任依旧在我的能力范围之内、以我能为他人所做的一切为限,简言之,以我所能给予的为限。

我永远不会对拥有一切的造物主负责。正相反,造物主要对一无所有的我负责。

*

　　我们要命名的东西早有其隐匿之名。我们赋予它一个能让我们为之命名的名字；可以分享的名字。

　　那个隐匿起来的名字是唯一的名字。他可能并不知道那是唯一的名字；那名字虽非不可妄呼，却从未被言说。

　　若"一"可以被切分，便不复为"一"。

　　一个永远在抹除的不可抹除的名字。

三

"与自己相像是否仅仅意味着相像?我相像,与谁相像?无疑是与那个与我相像的人相像。"

"但如果同一幅图像指认出我们两个,甚至是对我们的相互指认,那我们是谁?"

"相似本身即是背叛;因为这种相似会鼓励他人永远不想去尝试了解我们。"

"……与什么都不相像,与那个和什么都不相像的虚无相像,在世界的维度中陶醉于圆满,那圆满中满是我们自己。"

异乡的人?异乡的我?

"已言说之话语的历史无存,唯有沉默的历史始终存在。话语向我们反复诉说着这段历史。"

"我们从沉默中得知,唯有众多的话语可以告知我们一切。无论你愿意与否,我们只认可话语。"

"当你高声朗读一个文本时,你听到的难道不是自己的声音么?沉默的历史便是一个文本。你从沉默中聆听这个文本,它就是一本书。

"瞬间在言说。持续的时间被言说。持续的时间是缺席;而瞬间则是早已自我曝露的缺席留下的明显痕迹。

"话语可能只是一连串脚步声,沿着一个沦陷的宇宙中被废黜了的台阶发出回响。

"纸质的王冠。

"词语临终无片语。哦,与死俱来、纠缠不休的无限。我们必须对这个有污点的词语有所回应。"

太初便有这本书,正处于空白的开端。

*

"为创世中的创造负责,为阅读中蒙上面纱的阅读负责;为在已显露的话语中噤声的话语负责，为沉默负责。总之，为被上千道痕迹损毁的一丝沉默负责；那是处于光芒四射的一切之中的虚无之沉默么？"

"我们必须对字词使之敏感的这种沉默有所回应。

"我们甚至应该在未有成效之前便负起责任；就像责任要我们先做出保证一样成为依旧要诞生之物的担保人和守护者。"

"这是在要求我们对他人和世界担责么？"

"是对其未来担责，这一未来无非是我们正在经受考验之责的未来。"

那即将在白昼降临的，令白昼亦感陌生。其之降临，有如强光吸附而来的怯懦之光，有如奔向一位陌生母亲无涯之爱的孤儿，有如翅膀烧焦也要投身死亡的飞蛾。发黑的纸页在燃烧，却无烟雾逸出，委实神秘之至。

空无一头扎进了惊愕与麻木之中。

*

他说："异乡人就是那个到来的人。

"他永远都是那个即将到来的人。

"第一缕阳光转瞬即逝。无人得见。

"白昼淹没它。黑夜否认它。

"它靠自己存活了短短的瞬间。

"然而，天空靠它才发出光亮。"

有位哲人说："一切诞生都属于对沉默的冒犯；死亡则属于对郑重屈从的冒犯。"

*

"在我看来，你为异乡人绘制的这幅画像至少是值得怀疑的。

"作为异乡人，难道就必须像你描绘的那样，高举起对人类和世界负责的破旗子么？难道我们必须谨守这一责任，甚至在曲折中也要亦步亦趋，以便更好地担责么？

"这是先决条件么？

"显然，在我看来，异乡人永远不可能像世代繁衍生息于此的公民那样与眼前的景色和周围的人群难舍难分，永远不可能产生对等的心心相通的情愫。童年之地，青年之地，壮年之地，暮年之地。梦想之地，伤痛之地。从来不是忘却之地。"

"难道只有生于斯长于斯的本地人才会爱这片土地么？

"但问题并不在此。

"将我们与异乡人分隔的距离，其实就是我们与自己分隔的距离。

"所以说，我们对异乡人所要承担的责任，其实就是要对自己承担的责任。"

"那异乡人的责任何在？"

"和我们的责任一样。"

*

在一个没得可聊或无话可说的晚上,他抬手指了指壁炉,一堆撕碎的本子散落在两大块木柴旁边——当时已是深秋,他习惯在晚餐后点燃壁炉——并凭记忆向我引述了一位哲人说过的话:"我们在笔记本里记录下生命中最美好和最倒霉的时刻。我们所做的无非是拉长了词语的故事。"他不信任字词中幸存的字词,担心它们会起而报复。"这就有点儿像我们用外人取代了自己的亲族似的,"他说,然后又低声嘀咕了一句,"词语复仇最无情。"

"我们本没有什么可说的,但为了能把这些事情说出来,就得需要许多词语。"他不是曾经写过这样一句话么?

*

得胜的沉默。思想焚烧过的田野向西方摇摇欲坠。

"啊,突然间寒冷彻骨,灵魂冻得发抖。
"雪花飘下之前,书便燃烧起来。
"苏醒回应苏醒。
"死亡答复死亡。"

有位哲人说:"隶属于书,意味着效忠虚无。

"别把它当成偶像。我们不崇拜空无。"

他接着又说:"每个词语都是广阔而荒凉的空间,是我们最终会放弃的无主场域。"

他还说过:"我无所期待,因为我期待的无非是我始终期待的东西。"

书的荣衰。

他说:"我还记得这本书,因为唯有这本书还记得我。"

犹太人选择成为这本书无条件的破译者及其字符的见证人。

种子和灰烬。
死亡意味着成长。

*

"他住在巴黎么?"
"他家在第五区。你为什么问这个问题?"
"你看。

"他正朝我们走来。他就要穿过林荫路了。我们就坐在利普啤酒馆①外面的一张桌子旁,他很容易就能看见我们。那他干吗一直站在那儿,在我们对面,一动不动地站在对面的人行道上,盯着啤酒馆,好像平生第一次看到似的?

"你瞧,他向你匆匆挥了挥手。以这种方式拔腿走人,无须觉得有何亏欠。你赶快回应他吧,快点儿,他走开了,向左拐了,向圣日耳曼德普雷广场方向去了。

"对一个不知道自己在哪儿、是谁以及何去何从的人,我们能做些什么?"

"我能为你做点儿什么?你又能为我做点儿什么?

"你知道这个传说么?

"有位哲人一辈子都想用一幅有说服力的图像来描述人类。

"它给弟子们讲了这幅图像:一个假想的圆,圆的中心是一个点。然后他说,'这个点是不是觉得自己支撑着宇宙?'"

哦,空隙在虚无中布满蜂巢。

*

异乡人一直以来都是自我阅读的对象,并且在孤独中总是用自己所读的词语阅读自己。

---

① 利普啤酒馆(Brasserie Lipp)位于巴黎第六区圣日耳曼大街151号,1880年开张,以长期赞助卡兹文学奖(Prix Cazes)而闻名。

用笔写就的令人信服的预言。

他说:"枝丫状的文字。书是神谕的至圣所。"

书陌异于写出书的词语,就像人陌异于为他开辟道路的粉笔一样。

然而,书在人的心中,粉笔在人的手上。

粉笔在悬挂的黑板上写下文字的瞬间,一块抹布便足以抹掉一条生命。

对于瞬间,那是掌中生命;对于永恒,则是令人羡慕的大满贯。

空无永远都是赢家。

哦,生与死的青春与成熟。

黎明时的花朵和诱人的花束。

"在书中,你把自己的特异之处归结于生还是死?"

"我们死于书之死,紧挨着最后几个词语。"

"不计算自己岁数的人绝无年齿可言。我们既可以活在时间之内,也可以活在时间之外。而我自己活着的这个当下就活在没有期限的永恒之中。我像这个当下一样也是不确定的。我没有身份，无非是未来的计划、未来的形象。"

"那现在呢？"

"当未来比黑夜还黑时，每个人都明白在这种累积的黑暗中为何没有白昼喷薄而出。"

*

他刚满七十五岁。
巴黎在他脚下滑过。
早熟的死亡季节。
寒冷令寒冷僵硬。
白天，他追随自己的影子；
夜晚，生命离他而去。

*

有位哲人说："你在呼唤我的灵魂。我的灵魂之苦就在你的呼唤中。"

这位哲人又说："我会把你引到边境。我们将在那儿分别。"
他又接着说："可边境在哪儿，异乡人？要么在我们身后？"

他说:"昨日之辱。"

他说:"明日之手。"

那么多皱纹污损了我的脸。

我已认不出自己。

被发掘之书的页面之三

陪伴我的是证人,可他还在我身边么?

我在读曾经之我。
你在读将来之我。

有位哲人写道:"我们清晨的团聚缺少证人,而造物主很在意这位证人。"

我不太满意今天写在纸上的文字,因为它没有确切表达出我想表达的意思,而没写出的恰恰是我之所想。

哲人目视死亡进进退退,对其沉着的步调颇感兴味。波浪和大海都声称它们造就了波浪。

他说:"有时我在词语中看到的只是'虚空'的证据,是词语在非难虚空。

"我可悲地接近这一虚空,把它当作一切存在的虚空。"

这位哲人的话语很清醒。

就像依木材纹理削斫般雕镂自己的生命。
每一刻都是那棵伐倒的树。

生命被分解成一小段一小段的悲欢离合;死亡则如圆木般保持

温度。

即便在荒漠飞沙漫天的沉默中,也依旧有思想存在。

两位哲人在交换看法。

第一位说:

"思考宇宙时,我们难道不是在重新思考造物主么?

"神圣的大脑:世界。

"我们与造物主的关系或许只是思想中不对等的关系。"

第二位说:

"你用心来做什么?"

第一位回答:

"心与心无法交换。"

第二位又说道:

"那灵魂呢?"

第一位说:

"你难道从不懂何谓孤独?"

"我该离开你们了。到时候了。"一位哲人对自己年轻的弟子们说道。

"你说'到时候了'指的是什么时候?"一位弟子问。

"永别的时候。"哲人回答。

"有别离之时和重逢之时么?"另一位弟子问。

"你对如何回答这个问题有什么建议?"哲人说。

"我问的是你呀。"弟子说。

"你看,我现在必须离开你们了,可我甚至觉得从未踏进过你们的大门。"

他又接着说道:

"别人向你提出你的问题,但你找不到答案。你等待老师也提出同样的问题,那样你就可以把这个问题变成他的问题了。

"今晚证人不在场,使我们每个人都成了那位缺席者的见证人。"

伤人的话我们不说,我们知道这种话往往致命。

所以说,所有痛苦的表白都归结为词语的沉默。

写吧,写下这一沉默。

永别无需词语。

四

犹太人在解读异乡人方面得天独厚。

有位哲人说:"别把那个犹太裔的异乡人当冤大头,而要尊他为座上宾,因为无论何时圣书都对他青眼有加。"

"引述圣书,就是引述犹太人自己。"
"犹太人难道只是圣书的引文么?"
"犹太人从不引述圣书。是圣书在引述犹太人。"

"犹太人是造物主的首位读者,在那部心爱的圣书指引下,这位异乡人在一己黑夜中四处漂泊,并通过圣书认知了自己。漂泊存在于他的每个句子里。一字字,一行行,从而铺就出我们的路。我们在怯生生的脚步声中阅读着自己。究竟有什么未知的力量在守望、引领着我们?

"圣书之所以流传于世,因为有各类评注大量存在。阅读过后,那些赞同或挑战该书的极端人士都会沉迷于书中的某些片段,并用一己方式抵消那些有关他自己的书的片段——这其中,亵渎之书有之,尊崇之书有之,不可抑止的嫉妒之书亦有之——作家便是个例子。但现在的问题是:如果造物主没写过他的书,难道还会有其他作者不成?

"作家著述当下,即是在书写起源。而这一当下总摆脱不了令人困惑的短暂,总摆脱不了被其认可的永恒。"

"虽然你当即便认定这位作家相对于他人是个异乡人,虽然其目的就是想为那些人代言,我们也无权把每个异乡人都看成是作家或犹太人。我觉得这其中有歧义,有混淆视听的风险。

"对我来说,所谓异乡人,就是来自另一个国家、另一片大陆的某个人。而他与我比邻而居又有什么关系?无非住在那房檐下的不是个本地人罢了。"

"这位作家是个异乡人,因为他是他自己话语的场域。犹太人是异乡人,因为圣书的话语就是他的话语,有如铁熔于铁,圣书的话语熔入了犹太性。"

"犹太人属于自己的社区,这一事实可能会让我们觉得他是个异乡人,但在犹太人眼中却绝非如此。"

"书回应书;作家回应既已写就的关于他的词语;犹太人回应造物主之书中永远有待阅读之处,回应人之书中有待书写之处。"

*

有位哲人写道:"我们所拥有的造物主之生的铁证会不会就是造物主之死?"

有人回答他说:"他处难道不能确认此处么?"

他说:"造物主站着创造了世界。可到第六天,他坐下了,时间的进程因此中断。"

造物主密闭的宇宙中打开的一道缺口给了造物主致命一击。

一个词语。

他说:"有限中涵盖无限的概念么?不完善中涵盖完善的概念么?

"再者,概念中涵盖神圣的概念么?

"我们与造物主一同思考完善与不完善、有限与无限。

"这一思考因我们而有了生命。"

造物主的话语因其沉默而可怕。
那话语的承载力我们永不可及。
我们对不可评判之物无缘置喙。

*

我们应即时、直接地对移民承担起责任,这也许比对其他人更为重要。

我们不仅应当按其本来的样子接受他,还应当竭力帮助他发展并融入我们的语言;因为毕竟语言才是流亡者真正的祖国。

而造物主说：我曾是河床里那条改道的河流。

而人说：你曾是流亡的支流。

而大地说：河床意味着遗忘河流。

而天空说：我的天际中没有救赎。

而造物主说：河床已经干了么？

而人说：你在哪儿抛弃了我？

人类：手嗅闻挖掘它的手。

潮湿而清新的黎明，有如寻找主人的小母狗粉红的唇吻。

白昼前的时间冻结了。

灵魂如曝露于阳光下的裸躯。

明天是我们健康而美丽的季节。

几处对涂抹多少做了点反抗的符号并不构成一个识别的标志。

客观即永恒。

*

"移民眼中，当地人形象如何？那些爱国者有的排斥他的到来，有的则以最诚挚的善意敦促他与之同化，以便完全融入他们所代表的集体当中。

"对这位异乡人、犹太人和作家而言，赋予他力量的正是他与他人之间那种典型的差异——不论他人是友好接受还是恐惧排斥此种差异——他将这种典型的差异视为其正面的生活经历。同样，对于一切边缘人、创新者、艺术家、梦想家（梦想不正表明此人的举止像个异乡人么？）、街头艺人、梦游症患者、冒险家、智者或愚人，整个社会都动辄指摘这些人，且名之曰为了大众的福祉；当然，为了让我们宽心，社会有时也会以思想、艺术或科学之名赞美和热情欢迎这些人中的佼佼者。

"移居者急欲使自己不再被看作异乡人，可他是否知道，若果真如此，他便不再是他自己，而只是一个以可疑原型复制出的糟糕副本？

"异乡人或许就是甘愿为其特异性而付出代价的人——有些代价微薄，有些则代价高昂。

"因此，他为栖身而付出了代价；也就是说，他为了让我们每个人都成为自己而付出了代价。

"你还记得那个热情洋溢、多愁善感的非洲人充满悲喜剧色彩的故事吧？——他太爱法国了，每天晚上都要裹着法国国旗睡觉，而他这一行为却被邻居们视为对祖国的亵渎，于是有一天向警察当局卑鄙地告发了他。

"从这个移民的个案可知，任何人对异乡人都会有某种粗浅的看法，这是我们的问题。之所以是我们的问题，是因为我们是无数个特异的'自我'。

"他在一封信中写道：'想到异乡人，我就想到了特定的一个人；想

到了异乡人中特定的一个人；想到了作为异乡人里的异乡人中的特定的一个人；想到了那孤独的、绝对孤独的特定的一个人．'

"他又接着写道：'从今往后，我们应该为那些被授予公民权的异乡人取个新的称呼：异乡之我．'

"谁是'异乡之我'，谁是'异乡之你'，都由那个'我'来确定。"

"你乐意被视为异乡人么？你会承认自己是个异乡人么？"

"这不是承不承认的问题。"

"那是个什么问题呢？"

"大概属于无知的问题吧。"

"我完全跟不上你的思路。"

"这属于是否坚信自己的问题；无论对自己有利还是对自己不利。

"有位哲人写过：'太初即有虚无，它对一切来说就是个异乡人。

"'一切并不具名。虚无强迫一切摆脱其不具名的状态。它是那名字的持有者；对无名之物而言是个陌生的名字．'

"一个面对无限之缺席的令人不安的在场。"

"所有在场对世界而言都是陌生的么？"

"有时它是世界的某种非在场的在场；所以是陌生的。

"还有什么能比缺席更陌生么？然而缺席即是造物主。

"说到造物主，说的就是他的缺席。

"说到创世，说的首先就是创世中的造物主；是在场中的那个无法估量的缺席。

"造物主对造物主倾诉了什么，对人来说永远都是秘密。

"但也许从来就没有什么秘密，因为一切都是先前凭借自我创造的，根本无需我们襄助。"

"如此说来，是先有了虚无，然后才从这个'无'中浮现出作为一切的这个世界。"

"说到'有'，其实是在说'有了某物'；即便这个'某物'是'无'。

"毋宁说，是因为我们想到了'前虚无'，正是这个无从思考的虚无孕育出了'有虚无存焉'而非'一切皆无'，它是一种虚无性，让我们有可能说出那无从想象之'无'的'有'；因为这个'无'就像造物主一样历来都在。

"毋宁说，是因为我们想到了'尚未存在的事物'，那莫测高深的'尚未'也是绝对的虚空。

"或许，只要一想到那模棱两可的'有虚无存焉'，留下的就只有'存焉'的那个'有'了。先是有了那个'有'，然后便一切皆无了。

"所以，我对那个'有'的责任是全方位的；因为那个'有'是一个无可怀疑的开端；'存焉'是一种无从表达的表达，是预期中的在场的第一种表现形式，既不可见也不可闻；它是未来之'有'的一个盲目揭示，是'将有'的一个盲目揭示。"

"如果我们与异乡人的关系即是我们与特异性的关系，那就应当事先排除我们与某种无论如何也想象不出有何特异性的存在之间的所有正常关系；一种有差异的存在。"

"非差异中的差异，非差异中凸显的差异。

"特异性，即私密性。"

"我们如何才能达至此种私密性呢？"

"与异乡人的关系不能停留于表面。

"特异性刺激了团体性、整体性和共同性。我们必须多元归'一',直溯其源。认定自己独一无二,才能直面'同一'。

"以这个点为例:它既是那个圆的中心,也是那个圆的神秘对象。受这个点的诱惑,那个圆生出了无限的圆。

"在致命的诱惑下,那个圆越来越抵近那个点;于是它慢慢地变成了那口从源头渗出的水井。

"此即特异性之孤独。

"我对他人的责任贯穿于这个'一'中。这是两种孤独之间致密的和兄弟般的对话在面对'同一性'时所要承担的责任;否则它便不成其为责任而变成了一种单纯的连带关系。这种责任不会要求我作为个体去承担,而要作为一个有胸襟的人去承担。

"因此,如果我们不曾和我们认为对其负有责任的人谈过话,我们就无法承担责任。"

"的确如此。但对话未必会马到成功。我们必须引发话题,取得共识,才能推进对话。"

"要像打开一本书阅读一样,将一己孤独敞向另一个孤独,曦光汇聚,方可庆祝清晨的来临。

"在此阶段,责任或可称作:感恩。"

*

他说:"想行骗的人,自己首先被骗。

"我们与他人的关系像水一样,属于半透明。"

没有哪个瞬间不是一个百年的瞬间。
没有哪种痛苦不是人间的痛苦。
呼号的普遍性。

他说:"思索世界,不就是要渐次融入世界的思维里么?"
他接着又说:"我们的自我表达不就是为人为己么?"

不能这样去思考痛苦。可以依据痛苦之人的倾诉思考痛苦;其倾诉能确认伤害是否存在。
唯有证据最重要。唯有证据供思考。
但我们说不出自己的全部痛苦。
"我们承受的痛苦,"他说,"有一部分我们永远也不会说出。"
思考的无力。
幸福、欢乐、痛苦和忧郁只有在令人信服地表现出来时方可被思考。
要思考的是其表现形式而非拘泥于事物本身。
除非用情,否则我们如何才能思考感受不到的东西呢?
我永远不懂你的痛苦,你也永远不懂我的痛苦。

如果我让自己为你的幸福与否负起责任，是否就能理解和思考你的痛苦？

唉，但我能分担的已不是你的幸福或不幸，而是我认定或想象属于你的某种幸福或不幸，与我对你的幸福或不幸的看法相吻合。

虚构出的东西远超思考。

想象出的东西无法让我们思考，但可以让我们的梦想绽放。

如果思考梦想意味着沉入思考之梦并演绎其昼夜的奇妙故事，该当如何？

*

造物主荒唐可笑的命运，一个人短暂的生命镌刻其中。

让我们想象一下孩子们观看魔术表演时的情形吧。

想象一下，那个魔术师为孩子们充满赞叹的目光所陶醉，开始相信自己创造了奇迹，甚至忘记了这只是他自己的手艺；简言之，就是误将风车当巨人，误将幻觉当真实，误将难以置信当可信，误将异常当寻常。

于是乎，一边不再有梦想，另一边则不再有真实，只有孩子们在眼花缭乱中经历过的离奇与神话。至于是嵩呼山响还是恐惧攀升，就要看结果如何了。

这位魔术师能向我们提供什么教益呢？也许他能提醒我们——正如任意两个词之间空开一格以方便阅读一样——在幸福和不幸之间为生命保留的空格正是那个虚空地带，我们就是在那儿变换着幸福与不幸的念头。

　　那么，如果宇宙只是造物主所需的上演其每日节目的舞台，该当如何？在此，如果我们通过深思那些画面得以在亲历之前便看到和了解到善与恶、苦恼与极乐、恐惧与喜悦、好运与厄运，又当如何？这就好似一场彩排或预演，如果可以让我们在充分了解事实的前提下解决问题，并从预设的观众角色变身为演员，又当如何？

　　此乃亲历前的生命愿景。

　　命运同样也是一场戏。造物主和人的命运。它在造物主之前和人之前便已上演，虽然没有造物主和人的参与，但却是为他们而演。

　　任何人都没见识过的各类角色。

被发掘之书的页面之四

哦,思想为了让自己成为某种无限的死亡思考之对象而放弃了自己的目标,从而混淆了真实与非真实的踪迹。

它们是书和宇宙的倒影,不在形成时,而在瓦解中,为的是给被禁的阅读留出空间。

镜像。镜像。

死亡在死亡之镜中顾影自赏。

我们思考不了形变;理解不了其一连串不可逆的链条;伟大或可怕的思想冒险,我们在跟着兜圈子。

如何思考变化之事物?——只有在事物本身的转型中,而每一变化的事物都以原型自居。

如果是白昼，该当如何？如果是黑夜，该当如何？如果白昼通往黑夜、黑夜通往白昼的通道并非某个"在场"的通道，而是空无对空无性的终极放弃，该当如何？如果放弃的是不论在光明或黑暗中都从未存在之物，而这种放弃仅仅是这种不容置喙的"从未"之断言，如果那不可辨读的"有"只存在于不存在之物的不可能的阅读中，且系由我创造，又当如何？

名字逃避回忆。其本身即是记忆。

在命运自行书写之地,我们只书写空白。

对于强人所难之物,我们是否在言说前便倾向于将其抹除,而后再通过言说将其抹除?

严格说来,这种抹除得以让我们承诺将句子中无法先验表达的内容付诸词语。与其使用已被抹除的字词,莫如使用用于抹除的字词。

因为我们至多只能说出无法容忍之事的开端,那个拒绝被言说之词语的开端——哦,强直的机巧——其之不言,为的是默默地引人注意。

他指出:"奥斯威辛避开了这一开端,它始终停留在该开端之前;一个说不出名字的伤口,而非一个无法治愈之伤口的名字。"

小舟火光冲天时,用不着信号灯。

他说:"每张纸页都是其自身的共鸣板。"

他又说:"你没有在页面底部那光洁的空白处签名,但无数星星却喷薄而出,它们受到了来自永恒之瞬间的扰动。"

如果造物主的永恒与他缺席的签名相连,该当如何?

造物主没有名字，因此无法在其作品上签名；但既然被创造出的每一事物都各具其名，所以它们都拥有作为整体之签名者的资格。

他说："画出一片树叶，你就画出了整棵树。"

他还说过："原初时这一禁令便已存在了。

"创世是对这一禁令的高傲否定和轻率驳斥；而空无则是对自我的可耻接受与过度剥夺。"

他说："比起哲学家，我更喜欢思想家；比起思想家，我更喜欢诗人。"

我问他这一标准从何而来，他答道：

"哲学家与哲学并生，思想家与思想并生，而诗人则与世界并生。"

他又接着说道："这还不是全部。语言的浅谷梦想乔木高耸的森林；岩石梦想犬牙交错、凌峰奇崛；沙粒梦想可靠的沙丘，而海盐则梦想宝石镶满的天际。

"诗意的话语更贴近天穹。"

轮廓清晰的是知识的顶端。

异乡人为我们的语言着迷，那无国籍者渴望用我们的语言言说和书写，他本能地感知到其山脊和峰顶所在，暗下决心有朝一日要攀上这座高峰，让自己配得上这种语言。

他曾经写道，诗是"词语能为且乐为之事"。

他还曾写过："秘密是灵魂之钥，而诗是秘密酿制的话语。"

他说过:"散文和诗之间、玫瑰花和玫瑰花丛之间的差异,是为了加深同一种爱而预留的变量空间。

"书是写作的承诺。书的话语与作家相伴穿越荒漠。

"话语是永恒的实现。

"话语的背后是永恒。

"而话语之前则是令人沮丧和不断增长的无限之软弱。"

每首诗都是崇高理性之所为。

他说:"死亡或许只是撒向贪赃枉法之黑夜的一小枚金币。

"是被定罪的众星之尘。

"是走向死亡的一枚小钱。

"一时的堕落。恒久的耻辱。

"哦,献给空无的粗俗供奉。

"为灭绝而支付的偿金。"

*

他说:"我的语言便是我的祖国。所以我的语言之国便成了我的国家。"

他又接着说道:"这两个国家分享着我的灵魂。

"第一个——即我所来的那个国家——对我谈

及我在本土的缺席。第二个——即我所至的这个国家——让我习惯了翻动纸页，我的话语即在此被领悟。"

语言的场域即为语言。
流亡者的命运就是从自己的语言中被放逐。

我们只读我们所读。

这本书是"你"，临时将我们变成"我"；但这本书又涉及另一些东西；它是"它"，包含了"我"和"你"；对话始终以这三种声音进行。

花丛般的烟。

不跳动的火苗吞噬的只是它自身。

我们思考的背景是空无。

偶然出现的是有灵感的话语。

他曾经写道："我们认为世界是宇宙的某种思想，又认为词语是书的某种思想。"

思考变异，意味着思考真理。

他说:"再不能这样去理解证据、理解确信了。质疑这些概念与质疑自我密不可分,只不过更激进罢了。

"整体性本身就是乌托邦。难道为了思考一切就必须从思考乌托邦入手么?如果这个一切无非是过度的虚无,该当如何?如此说来,在思考一切的过程中,我们思考的不就是过度么?那是以整体性的普世标准提出的,是一种虚空,无尽的虚空,是用以解读一切的不可破译的空间。

"因此,我们只能被迫阅读细节而不能通读全部,或者更确切地说,只能通过细节去阅读全部;那是可见、可控且又变化着的部分,其本身便是阅读的对象。

"造物主蕴藏于细节。"

从现在起,让我们在无数被压抑之真理的降临和其闪光的万千个雕琢面中向真理挺进吧;思想的磨砺,令人眼花缭乱。

面对变化中的客体,真理会不会反被那变化的客体所变化,以避免固化、保持鲜活?有没有这样一种可能,即从一开始,因为拒绝了永恒,所以真理的变动允许真理成为永恒的真实?

思考意味着毁灭,但受益者是谁?

思想永远所向披靡,但其胜利其实也是失败,因为它无非在一面哈哈镜中顾影自叹罢了。

把那面镜子毁掉吧。这样,虚无便不会再被当作虚无而会被当作绝对之缺席来思考,白昼和与之同在的宇宙便会从这个绝对之缺席的深渊中冉冉升起。首个词语便是一句悼词。

当语言有所指时,特别是当它只定义自己的重要性时,语言便是诗人的责任所在。

创造既已擅入,思想即须改弦易辙,以应对日趋丰富的字词。

原初时,因造物主的自我缺席,话语的缺席便已存在,那是造物主赠给虚无的,为的是赞美自己的缺席。

可如果虚无中隐含着造物主沉默的话语,是不是所有语言都尽属虚无呢?

当提图斯①和他的士兵们发现刚刚攻陷的犹太人圣殿里空空如也,那种被敌人愚弄的恼怒与困惑骤降的感觉同等强烈。

虽说这个王者之民族的造物主不可见,但该民族竟以如此之热忱去崇拜虚无,这一切令罗马人困惑不已。

犹太人怎么能把他们的神、他们的宇宙造就成虚无呢?怎么能把他们的书造就成虚无之书呢?

他们何以竟敢把虚无提升到神的高度,而把世界贬损到一无所有呢?

罗马人第一次发现自己面对着虚无的神秘力量;他们发现那部神圣的书写在虚无之上,而书中的词语无非是些徒费口舌试图言说虚无的字词。

难道呼召造物主便意味着呼召虚无么?难道思考造物主、追问造物主便意味着思考虚无、追问虚无么?

若原初时虚无即已存在,那么世界就不可能有什么开端。世界始于

---

① 提图斯(Titus Flavius Caesar Vespasianus Augustus,39—81),古罗马将军和皇帝(79—81在位),公元70年曾率罗马军队攻陷耶路撒冷,摧毁第二圣殿。

世界的开端,那是原初之开端,所以说从无开端。

难道造物主就住在这个"从无开端"里么?难道我们与世界的联系不就是首先通过造物主,与某种期待、某种世界的希望——那是带来一切可能之开端的期待与希望——之间的联系么?

说到底,我对他人的责任难道不就是对某种未来的责任么?而他人不正是该未来不起眼且惴惴不安的开端么?

*

他说:"原初时,相似便即存在。"

*

一代一代漂泊者、流浪者、渡河者的幽灵呵,你们使我的路变得神圣;不幸的重负压弯了你们的腰,充满光明的希望鼓舞着你们前行,你们的心跳与步履同步;你们这些缺席之世界的造物呵,面对他人充满敌意的在场,你们的护身利器唯有那无尽的缺席,在面对未知的无畏求索中,我是你们当中的一员。

那种过度的整体性的第一个词语——即死亡——一旦出现,夜就是完整的。

往昔的尘埃呵,垂死者的灵魂虽几近衰亡,却仍能在最后的告别中长舒一口气,而后消散——力量真是一种诱惑。

啊,往日我在激情中写出的一切,于今看来,是何等苍白且华而不实。

那么多作品、那么多胎死腹中的代表作，都掩埋在一部未完成的书中。

完美，它相似于空无，而且就是空无。

五

大师说:"你种树用的种子是从我头脑里偷走的。"

"大师,难道你的知识竟如此博大精深,乃至于能为土地施肥么?"弟子问。

"我从种子中汲取知识,"大师答道,"每次我都是那棵树。"

弟子惶恐地扫视着那片绿色的树林。

女性是空白页,是一片适宜稼穑的沃土。

数字都有其界限。无限难以成数。
它位于界限前、数字前。

"你赠我的我应该带走什么?我的目的地太远,

无法带走太多东西。"

"带走这其中的遗憾吧,那是孤独的灵魂。"

有观察之地便有科学,有哲学,有梦想。

他说:"造物主所为,只是观察虚空并与宇宙一起发现了造物主。"

不要为眼睛靠近万物提供方便,以防它有更多骗你的机会。

要后移,始终置身于那些急于存在之物的后面,并探寻既存之物。

我们绝不会在同一时刻相像。

把关注既成事实的责任转移到行将发生之事上去。

*

较之他人的特异性,异乡人该如何定义自我?

异乡人与世界的关系首先便是关于差异的问题。

弟子说:"造物主将一根手指蘸着灰烬,制定了律法。"

大师回答说:"火的律法即是燃烧的律法。"

聚居。隔都。

像蜂巢分蜂一样,我们的土地正在一处处聚满人。

他说:"挤满人,便暖和了么?"

醒来之书,有太阳的字符。

大地围绕着一个名字旋转。

犹太人。

他曾经写道:"造物主不再在圣书里。造物主之书与人同在。

"心灵永不匮乏食粮。"

他还写过:"一个音符出错,足令心灵气馁。"

他曾经写道:"每张脸都是那张神圣面孔的悔恨。

"死亡以其对造物主的激情,每天都在作践我们的脸。

"这便是它的目的么?——为了让造物主和造物之间更为相似。"

他说:"'可见',或许只是某个'不可见'渴望出名的焦虑。"

他又说道:"天使们忽而高翔远举,忽而飞掠地面,那是因为峡谷和峰巅都同样吸引他们。

"他们永远在造物主处流亡,而造物主的王国位于中央。

"异乡人多喜爱他们呵,因为他像他们一样不属于任何地方。他羡慕天使们的翅膀。

"迎接天使的是绚烂无比的天空。而他面对的是地下世界里促狭的壕沟。"

有位哲人说过:"未来是思想的领域。但愿它也是爱的领域。"

如果已写就的词语之间的空格只是作家窒息的声音,该当如何?——这个空格只能留白,不能掳走,因为发音的字词需要由这个空格进行统治。

你对自己一无所知,但你知道某个时候别人给了你建议的那些东西。

尽你所能创作这本书吧。"创作"的目的永远都是"多多益善"。没人愿意降低这种可能。

我离开了一片不属于我的沃土，
去找寻另一片不属于我的土地。
我躲进了一个沾满墨渍的字词，
以书作为自己的领地；
那横空出世的词语，便是荒漠
晦暗的话语。
我并未身披黑夜。
也不受太阳佑庇。
我行走着，赤身裸体。
我从何处来，再无意义。
要向哪儿去，也无人在意。
风呵，我对你说，你刮吧。
那风中裹挟着些许沙粒。

*

我们不能像谈论景观般谈论荒漠，因为荒漠尽管变化多端，风景却悉数缺席。

缺席赋予荒漠其自身的真实。

我们不能像谈论场域般谈论荒漠，因为荒漠又是一处非场域；它要么是一处场域中的非场域，要么是一处非场域中的场域。

我们不能认定荒漠是某种距离，因为荒漠既是真实的距离，又由于地标的缺失而成为绝对的非距离。它唯一的限制是视野，因为荒漠既连通视野又屏蔽视野。荒漠因其自身的隔绝而成为开放的场域和场域的开放。

我们不能认定荒漠是虚空或空无。也不能认定荒漠是某种终结，因为荒漠也是开端。

"我很乐意告诉你更多我这位朋友的事。

"自打一周前我和你在利普啤酒馆一起度过那个下午以来，关于他，我想了很多。

"我也试着给他打过几次电话，想跟他见个面，可是，唉，一个都没打通。

"我会再打。

"我想见到他，倒不是想问他什么问题，而是想在无拘无束的谈话中，在跑题和不着边际的闲谈中让他间接问我一些问题，因为话题太丰富了，一个接一个，可以无限延伸下去。

"我想见到他，并且想以某种不令他生疑的方式让他向我呈现出他真实的自己。

"有一次我问他是否幸福，他以惯常的幽默答道：'世上所有的幸福都选择落户我家，可我的家并不在这个世界上。'

"我很想知道，一个在哪儿都觉得自己来自异乡且公开宣称自己无所归属的人，如何能在岁月的流变中构建起一个和谐的家？为何他为了养家而无所不能，却又要毅然决然毁掉自己的生活？

"年轻时他不是曾经与崇尚正义和自由的人们一起，以个人或集体的方式挺身反抗过四处蔓延的宗派主义么？他不是率先抨击过我们这个星球上已为数不少的极权政体么？他不是逐一谴责过被腥腥情感侵蚀的仇恨之岛上盛行的种族主义和反犹主义么？他不是批判过肆意滥用权力的行为么？他不是在词语的碎片中重构了友谊、博爱、好客这几个词语么？

"冲突导致冲突。

"战争摧毁世界。

"民众只能匍匐前行，一本早已被暴风雨吹打得残破不堪的书中，唯有些许徒有伤悲音形的字词。

"啊，从那时起，便只剩凸显的建筑了。便只剩为了某个瞬间、某个时辰或某个世纪而建的一堵堵高墙了。

"哀伤会不会比希望还要执着？

"我对他说：'责任刻不容缓。既不能中断也不能松懈，既不能拖延也不能暂停，因为责任启动于生命选择生命之时，终结于死亡的门槛，过了这个门槛便无能为力了。'

"哦，空无轻柔的黑暗，我们圆睁的双眸为黑幔所掩。可云彩并不拖累蓝天。

"光明中的世界与黑暗中的世界。两颗小玻璃珠取代了我们的瞳仁。

"哦，空无，偷鸟贼。"

*

"我当着他的面提到法国时——他出于对法国文化和语言的忠诚，当然也出于深思熟虑而选择成为一名法国公民——他只是说：'我在文学上最初的探索便是尊崇和赞美法兰西。我最后的探索肯定也是尊崇和赞美法兰西。'接着他又轻声说道：'我把我最美好的东西——我的书——都献给了法兰西。可这些书，唉，其中一部分对法国人来说也很陌生。可是，正是在这些他们觉得难懂而未能引起关注的部分里，我倾注了自己对法兰西的所有绝望之爱。'

"他又接着说道：'一方面，有种观点认为，两个多世纪以来我们共同创造了法兰西；另一方面，极少数有影响力的法国人却对此绝不认同。'这位异乡人如此评价那些人：'你们每天都在拓宽鸿沟，并往里面扔进你们那些令人生厌的观点。可你们要明白，这些观点迟早会葬送法兰西。'"

*

"他未能在唯有通过相互间的差异来造就我们的关系这一问题上说服我？差异越明显，结合才越牢固。

"的确，差异并非异乡人独享的专利。相似性本身或许只是在我们的差异上衍生出的某种差异。我们之所以相似，是因为相互间存在差异，也就是说，通过接受相互间的差异，认同就会取代差异。一个人与另一个人之间的相似，有如辽远星系中发光的一颗星与另一颗星之间的相似。

"'再近些吧，'这位异乡人说，'两步距离还是太远。你还在用你的方式看我，而我看自己则截然不同。'

"有时，他喜欢躲在摩西那张尊崇的脸背后——摩西正是一位出色的异乡人——他那五本书①已成为一个新的民族经常聚会的场所，这个新的民族诞生于对这几本书的阅读，并且还将继续阅读下去。

"'一个双料的异乡人，'他说，'他既是未写就的某本书的作者，又是书写中的某本书的读者。无论对书对己，他都是异乡人。

"'摩西是被认可、被记载且已在纸页上绽放的话语，哦，那话语充满了仁慈，是被拣选的十二支派的子孙们直至时光终结都将验证的话语。其透明度源于圣书。造物主所言，经由这位接受了神启的仆人之手转译而来，而这只手无非是一种声音，是一种神圣的、以其洪亮和可读的音调表现出的声音。

"'摩西是镌刻在词语上的词语；亚伯拉罕②则是漂泊的话语。亚伯拉罕不是密码，而是从不可听闻的话语渡河而来的可听闻的话语。

"'亚伯拉罕是渡河者③，而摩西是执笔者。一些词语融入了约

---

① 指《摩西五经》（*Sefer Thora*）。
② 亚伯拉罕（Abraham），希伯来人的始祖，原名亚伯兰（Abram），后奉上帝之命改名为亚伯拉罕，意为"万民之父"，75岁时奉上帝之命举家迁往迦南地。
③ 渡河者（passeur），据《旧约·创世记》第12章第7节，亚伯拉罕带领他的族人来到上帝应许给他们的土地——迦南，原先居住在迦南的当地人称来自幼发拉底河畔的亚伯拉罕一族为"希伯来人"（Hébreu）。"希伯来"的词义为"另一方"，"希伯来人"即"从河对岸渡河过来的人"之义。

版①，另一些话语则被宣示和缠裹在呼吸中。'"

"我"在过去和将来都无从说出。昨日之脸庶几难辨。明朝之脸更超乎想象。

那是我们第一次无限的遗忘。

在那至高无上的终极时分，我们终将明了时间把我们变成了什么。

*

"一天晚上，他从一个旧抽屉里取出几帧年轻时的照片给我看，并给我讲了一个孩子和祖母之间的一段对话，当时他祖母正把一帧非常漂亮的女士肖像指给他看——

"'奶奶，这位女士是谁？'

"'是我呀，亲爱的，是我年轻的时候。'

"'那现在这个人是谁？'

"于是他对我说：'您看，那现在这个人是谁这句话里就藏有一个生命的秘密。'"

*

"异乡人是何许人？就是让你相信你正安坐家中的那个人。

---

① 约版是指神与人立约的法版，是摩西凿出的两块石版，上面写有神与以色列人立约的话。

"我提到曾在他的某本书里读到过这句话时,他大笑起来——我得说,他笑得很勉强——并对我说,'那是我心血来潮的一句话,'然后接着说道,'安坐家中是什么意思?不就是用我们虚拟的财富描绘出的围住我们的那几堵石膏墙么?'

"遽然间,我发现他变了,老了。他的身体弯了,眼睛也没了生气。

"忽然,他对我说:'大地是中心,生命于此在死亡中得以解脱。变老,或许就意味着每天都离这个深渊越来越近。'"

*

"我不禁想起我最近一次去他家拜访并和他交谈的情景。他似乎很沮丧,有些心绪不宁。他说起他始终以其有争议的特长与被腐败玷污的权力进行抗争。这种权力伤害反对者,往往一出手就致人死地,并且让掌握它的人堕落。

"正如他认定的那样,义务不能一味顺从权力。义务是一笔需要到期偿付的债务;那是对他人的债务,属于个人责任的范畴。他说,他毕生都以大力抨击对异乡人的错误观念为己任,而我们现今多数社会形态的基础仍沿袭着这种不诚实的套路。

"今天,他承认,这项事业太虚幻了。就像水下的暗洞。

"他的悲观情绪让我心烦意乱。我有一种不祥的预感,觉得我再也见不到他了;因为他已铁了心不再见我。

"哦,我真是疯了。竟在这里用过去时谈论他,却全然不难为情。

"我很生自己的气,好像我已在不经意间伤害了他,而他却不能康复似的。

"从那以后，沉默降临到两位异乡人头上，他们彼此不再相识。

"这是几个世纪以前的事。也是昨天的事。"

"你总是用过去时谈论他。我不是提醒过你么？"

"来自另一个人的所有话语都只能是往昔的话语。"

"或者是未来的话语。听你说话时，我正在想着那个异乡人的后代。如果我们只能继承他的特异性，那么他希望遗赠给我们什么呢？

"我们不可能和脱离社会的边缘人一起创造世界。"

"我们除了从老师那儿学得一点儿经验和知识作为我们的日常食粮，还从他们那儿传承了什么？

"我们的知识已不再属于他们，但也不是我们自己的经验。有些老师为我们开辟了道路，但也同时警告我们说此路会很孤独。老师有时会把忠告告诉他想告诉的人，可此人却根本不把老师的教导当回事，结果没迈出几步就倒下了。

"事实上，异乡人的特异性无法分享。

"我们能分享某个灵魂、某一思绪、某种智慧么？

"不要再装聋作哑了。要培育对话。唯有如此，异乡人才不会成为无根的人，才能把自己打造成一棵与你同样重生的、孤独的树，因为你有着粗壮、粗糙或光滑的树干，且枝繁叶茂。

"唯一的，便是普世的。"

*

"如果这个异乡人是个暴君;如果这个'特异之我'是个嗜血成性的疯子,该当如何?你还会不管不顾地怂恿他的偏执和他迹近犯罪的轻率么?"

"相遇即快乐。没有快乐就不可能有持久的对话。掌权者不会关心他人的快乐。他只是独乐乐。所以也只能自己独享。

"异乡人的生存之乐和生之激情全有赖于对话。如果没有对话,如果不能建立起对话关系,社会早把他抛弃了。

"抹除之时不要再成为自我,最好的结果是能栖身于那些曾帮助自己与之相似的人中间。这是异乡人必须面对的绝望之选。

"'在不要再成为自我这句话里,'他说,'副词不再当属异乡人的悲剧。这个词语既可将他抹除,又能激励他在抹除中更加努力[①]。在此意义上,我们大致可以确切地说,这个不再表明了异乡人的命运之脆弱。'

"他反复对我说:'我之所以牵挂异乡人的状况,不仅仅因为我是其中一员,更因为该问题本身牵涉自由、权力、义务、博爱等原则及其具体实施等诸多方面的问题;首要的问题是人之平等的问题,其次是我们对异乡人以及对我们自己的责任问题。

"'异乡人以其生存意志教诲我们,如果不能对自我早有了解,也就不可能有自我认知。唯有自我的行为才能证明自我的存在。他人只能通过我的这些行为才能理解我、抨击我或者评判我。

---

① 法语中,副词"plus"与"ne"连用时意为"不再",单独使用时则表示"更、更多、更加"。

"'我之所想、所说、所做，既是我的麻烦，也是我渴求的全部责任。它揭示出我是谁或我自认为是谁，以及就此而论人家认为我是谁。

"'他人了解我的过程就是教会我认识自己的过程；因为不在光天化日写下的话语就不算话语；不为人知或没人看到就等于没做。

"'我们自发地服从并遵循于内心的声音，因为我们知道它纯属个人。若我们知悉在转而找寻我们孤独的声音之际会遇到一个外来的声音，即词语的声音，届时我们该说些什么？'"

*

他说："燕子是艳阳天的女儿，是我们的信念。但正如我们所知，孤燕不成春。"

"……打那儿以后，他举止中有些动作变得难以名状地拘谨起来，还有些刻意的冷漠和僵硬；仿佛他的脚有时迈不开步子，跟不上那些走在他前面的陌生人了。

"……他脸上有某种痛苦而紧张的东西，而那张年轻却已爬上皱纹的脸正极力遮掩这种不安。

"……还有些东西……可这会不会是我的一种预感？"

"那不过是你的焦虑罢了。而且无凭无据。"

"……那是死亡靠近的一种感觉。他说：

　　　　　　　'白昼的弓绷紧了。

　　　　　　　黑夜的腰松弛了。

　　　　　　　虚无的环扣实了。'"

　"你没必要总往最坏处想。"

　"就得这么去想。他的眼睛里只有往昔，没有未来。"

　"怎么能相信眼神呢？"

　"可眼神不骗人也不哄人。

　"有时反倒是心灵会上心灵的当。而最莫名其妙的是，虽是上当，却心甘情愿、听之任之。

　"至于思考，则可能是对欺骗的一种间接揭发。"

　"……是为了诱导我们入彀么？

　"是我们的想法出卖了我们么？我们与这些想法生活在一起。我们为之牺牲的生命使它们披上了真实的外衣。"

　"即便如此，我们难道还不该知道真相何在，不该从一大堆冒称真相的宣言——有些是羞答答的，有些则理直气壮——中认清那个真命天子么？他说：'撒谎时我知道自己在撒谎；当我试着想说真话时，即便我自己深信不疑，我也不能保证自己说的全是真话。我们所能表达的真实，只能是我们造就的真实，是我们质疑过、理解过和经历过的真实——总之，我们所能表达的只有我们与真实之间的关系。'

　"比真相更岌岌可危的是我们的信仰、我们的善意。可我们有什么权威能推行它呢？

　"神圣的真理将它的普世地位归于造物主。

"所以造物主本可以创造一切,其中也包括真理。

"面对真理,我们始终处于下风,并由此发展成某种模糊的主奴关系。

"造物主的太阳般的真理。人类的黄昏般的真实。

"他不是说过'所有真理都会面临挑战;不能质疑的,便是真实的东西'么?"

"他常这么说。我也记得。"

"这么说,你也说过这个话?"

"我们仨过去常这么说。

"现在怎么能分辨得开呢?到最后我们还不是同一个话语么?"

"我觉得他是想暗示我们:真理与绝对有关,真实与相对有关。

"个中的差别,差之毫厘,谬之千里。

"真理脚下,造物跪拜。

"真实四周,无人聚集。

"唯有赤裸裸的人。

"'我们发现真实的方法有如发现爱情,'他说,'发现真理则有如发现死亡。'"

"真理与真实分得开么?"

"爱情与死亡分得开么?"

*

他说:"黑暗是黑夜的真实么?按这个说法,

光明就是白昼的真实了。但这两者都无从得见。"

*

"发现真实,或许就意味着在真实所循的真理航迹上航行。"

"大海永远会回归大海。"

"大海有其界限。超越了这个界限也就不成其为大海了。"

"真理了解自己的界限么?"

"真理无界限,它把划界的差事留给了真实。"

"发现真实,意味着依照真相行动。那是空洞词语比比皆是的虚空空间。"

"你说的是真相。真实的事情只是你说出的事情,可你说的是真的么?"

"真理从不是说出来而是宣示出来的。"

"这么说来,真实就不能用话语表达么?"

"或许会有一种话语的真实。"

*

他说:"发现真实,有时就意味着拒绝其专制行为合法化;在某种意义上也意味着在巩固专制行为的同时使统治民主化。"

"这位异乡人到底想让我们明白什么呢？他无疑是想让我们明白，我们是相知的兄弟而非相似的兄弟；这种相知是通过他人而认识自己，通过他人而接纳自己。

"黑夜紧紧拥抱点亮它的蜡烛那缕摇曳的火苗。

"那拥抱中饱含着人类和万物充满压抑的爱，这是一种并非注定的结盟、融合、片刻生存和共同死亡的爱。

"对某些人来说，死亡莫非便是抵达了爱的终点？"

"我好想帮助他……"

"他需要帮助么？"

"帮助他，或许就是为了帮自己。

"鲜有人能面对面正视自己、苛刻地质疑自己，并保持自己的特异性。

"我们正努力消除我们之间的差异，而不是炫耀这些差异。

"这有多荒唐。"

"我始终觉得我与你相似。"

"就像我与你相似。"

"他与我们有这么多相似么？"

*

"他说，他在自己的作品里几乎总在用'犹太人'一词，那是为了提醒读者，他也是地道的犹太人，尽管严格说来他并不完全清楚身为犹太人究竟意味着什么。

"所以说,他更多的是对人而非对己。

"他又说:'犹太人必定因犹太教才成为犹太人,但犹太教不是因为犹太人才成为犹太教的。

"'无论如何,犹太人还应当这样繁衍下去,尽管美中不足。'

"有位哲人曾经写道:'不知这个状态不会出现在知之前,只能出现在知以后很久。'

"我禁不住有些害怕。"

"害怕什么?"

"就是害怕。我忽然想起来,他已经接受了一家意大利大学的访问邀请。

"他非常喜欢意大利和意大利人。"

"他既然同意去意大利,必定是他想去。这下你该放心了吧。"

"并不完全放心。"

"你还担心什么?"

"感觉他有时会在自身消失。"

"'这是一种快乐的苦恼,'他说,他很喜欢这个悖论。'一种绝望的快乐。

"'一种一切归零的快乐。从此后只能成为此种虚无的某种怅惘。'

"他有一天不是曾经给我写下这样一些话么:'宇宙既有其数,则虚无必有密码。

"'可我们是否知道,丰富、极多和大量,其密码皆为零么?

"'在一的后面加上零,就有了十个虚无。'

"这些简短的语句困扰着我的记忆。"

"其中有些句子会不时迸出,让我颤抖。"

"你绝对应该少和他打交道。"

"我们又怎能让水流从源头改道,怎能把某一秒变成另一瞬间呢?"

"我的自由取决于他的自由。如果我想自由,前提是他自由。"

"但当我全身心仰仗他时,我又能做些什么?"

"我的自由难道不是他的自由的延伸么?"

"自由回应自由。异乡人难道不是通过他人的特异性来定义自身么?"

"他说:'造物主以其形象创造我们时,便抹去了我们的五官。我们有责任重新找回自己的脸。'"

"他者在缺席时总是可爱的。"

"每本书都与因其生成的书有所不同。正是这一挑战定义了它。"

*

他曾经写道:"语言的王牌在于其原发性。要让我们说,那就是——在这个异乡人的'特异之我'中,'我'在语言中找到了根,而'特异'在文化中找到了根。"

然后,他又为我写下了一段评论:"愿我们继续为丰富这种文化和语言贡献力量,让我们的财富能与他人分享。

"在一句没有未来的话语中，人竟如此无助。

"或许只有某个痛苦的词语会最终留给我们，造物主在这个词语中缄默无语。

"那个词语是：死亡？"

"语言言说语言的可能性，正如我们的每个想法、每个手势言说我们能够存在的可能性；但可能之外还有其他可能么？这就是作家和思想家存身之所。

"我们与所属语言之间的关系就是开启我们对一个由思想塑造和重塑之世界的基本贡献。

"语言渴望绝对，渴望以新的形式出现，以便存活下来。

"建立一个语言社群，意味着建立一个精神和心灵的家园，异乡人在这个家园里会自动拥有其位置，这是其首个有荣誉感的位置。因为打破障碍即意味着遇见异乡人。

"此后，他将通过语言与他人交往，并将通过语言及其异乡人的特异性发现其承诺的深刻含义。

"热爱和尊重一种语言，意味着热爱和尊重那些言说或书写这种语言的男人和女人。

"有如拉什[①]在研究《塔木德经》时经常引用希腊语汇一样，造物主有时也会检查我们的书，以便更好地评价其话语的影响。

---

① 拉什（Rachi，约 1040—1105），法国犹太教拉比、诗人、法学家、作家和哲学家，以其对希伯来圣经的《评注》（*Commentaire*）而名闻后世。

"太阳永远不可能统领整个黑夜。"

"种族不会产生异乡人,因为有无数兄弟与他同一肤色。

"国籍不会产生异乡人,因为有无数兄弟与他一同漂泊。

"宗教不会产生异乡人,因为有无数兄弟与他共同祷告。"

"孤独的异乡人就像被连根薅起的字词。不过,只要有其他更多的字词能与其会合,这本书就有机会成为一本书。

"他说:'语言是一条河,能令河岸肥沃。但除了这个我几乎不可能再成为我的地方,是不是说我就永远无法存在了?'

"他接着说道:'不再热爱这个世界,意味着你要么不爱自己,要么就是太爱自己,以至于不能再爱其他东西。'

"当我催他为'兄弟情谊'下个定义时,他答道:'我们在昏暗的森林里擦肩而过时,兄弟情谊或许就是黎明时分那难以察觉的簌簌声,它从一端传到另一端,令树叶微颤。'

"他像一棵被闪电击中的病树般垂向地面,他的身材因驼背而走样变形,那肉体和骨骼的重负使他风采全无,如今他是谁,他在期待什么?他说:'创造和爱让你长出了翅膀,可有一天我们发现,由于不再拍击,翅膀叠靠在一起,成了一坨肉峰,再也翱翔不了。'

"他接着说道:'翅膀长在背上是不是很怪,就好像它们有先见之明似的,想提前遮挡住我们的视线,让我们看不到那必然的退化。'"

被发掘之书的页面之五

别扯无用的闲谈，只留下一个必要的、敢于直面自身的话语。

我用这种话语写出了我的书。

沙的词语。永恒的词语。

思想既能导致海难，也是安全的港湾。

他说："树是否有树的观念，一如人有人的观念？"

"我们因这个观念而出生和成长，也为这一观念而死。"

观念活在观念中，而我们在观念的生命里存活。

宇宙是宇宙观念的化身，而人则是造物主自身之观念的活生生的形象。

虚无和其他虚无之间的默契。

在沉默的标志前靠近沉默。
在页面前靠近书。
静候唤醒我们思想的词语，等待它们书写我们。

他说："若存在着某种造物主的思想，也就存在着某种独立于造物主的人类的思想。
"但造物主对此会如何评价？
"卵石以卵石的逻辑思考宇宙——或根本不予思考。
"宇宙通过虚空得以表达，而虚空还有待思考。"

他又接着说道："观念贯通我的血脉，有如汁液贯通植物。
"我是创世的绝对权力中那个君临天下的观念。"

既存之物业经思考。唯有将存之物有待思考。

思考或许只是思想中某种不受意志控制的启动，是对避讳之物的惊人发现。

如此说来，知识无非是某个洞中之洞。

深渊令所有重生头晕目眩。

鸟是某种征象、某种诱饵、某种呼吁，是被众多思想围住的某种思想的痕迹，我们在空间审视该思想的流变。

起飞。起飞。

书在我们内心。

如果造物主通过神圣之物来思考自身，那么人只能通过神造的人类来思考自己。但如果那神圣之物不可抗拒的吸引力只是人意欲超越自己的不可抑止的欲望，也是他瞥见和接近完美的唯一机会，该当如何？此时，造物主可能已不再是该欲望的终极目标，而只能是漫无目标的终极欲望。

其中，造物主的期待至为关键。

思想有其自身的逻辑么？如此看来，思考欲臻完美，仅有一条路可走；一条康庄大道。

如果我们知道情况并非如此,那是因为思想无路可走。它为给定思考的事物所吸引;而对象是随机的,是用眼角的余光瞥见的。

难以想象,未必就不可逾越。语言对此并不陌生,它会推动思想与之同行。

路的逻辑未必总是逻辑的路。

想法总会生成逻辑。此乃创造的逻辑。

逻辑损害逻辑;这是一条弯路;因为事实中总有非事实,所以我们在接受之前当未雨绸缪。

光被将要熄灭它的黑夜所困扰;秘密埋藏于秘密。哦,被无知刮去鳞片的知识。

思想的沉默或许只是沉默的思想。

似乎这就是秘密的奇门遁甲之地?——玄默之物的密使,噤音失声的密使?

沉默无法回避。只能穿行而过。

心灵无法思考心灵。

*

思想能否因势利导?如果能,它就有可能沾沾自喜,有可能沦为思考之可能性中的一种花哨的可能性。

此种假设中，思想面对的很可能只是其悲惨的结局，除了死亡的折磨外对其他毫不知情。

反之，如果非思想能提供思想的论据，该当如何？

"造物主的缺席不恰恰证明了造物主的真实？
"思想领域无限制。"

*

回声是界限的一桩英勇的行为，为无限赋予了声音；使我们得以在瞬间听到眼睛和耳朵捕捉不到的东西。

如果造物主的缺席无非是因为他没有能力成为造物主，或者他只能以此为筹码才能成为造物主，该当如何？

出于这一原因，他会允许我们以他的名义出现。

观念与排斥它的观念搏斗。

事物抵制我们对它们的某些想法。

与其思考事物本身，莫如思考方法和路径。

每种思想必有其自身的故事。

曙光的故事

或是殉道的雏菊的故事；

花瓣被一片片摘落。

对那些来自他处、遥远得不得不令人着迷之物，对那些长久以来便令人不抱期待、最终再无人期待之物，除了赋予它们我希望拥有但永远也无法拥有的那个名字以外，还能赋予它们什么名字呢？那个名字是其沉默指定给我的，是名字的缺席指定给我的。

在此，语言的所有威权尽数丧失。

六

他说:"我们的死期已在自己的作品中逐字逐句拼将出来。

"我们时而试图写下更多的文字以推迟该日期;时而又想在字里行间努力找到该日期的藏身之地;但都白费功夫。

"作家不再阅读之地,死亡即开始阅读。"

词语有时为诱惑而撒谎。
而书绝对不会。

*

有位哲人说过:"隐形之物借相关图像已开始其屡试不爽的测谎——还能看到些什么呢?

"空无是取悦人的真实。"

聆听到的黑暗。哦，黑夜。
黑夜的旅程即清晨之旅。

自从失去与人的联系，造物主就失忆了。
不可记忆的记忆。哦，空无。
它向再也听不到声音的黑夜一遍遍诉说光明的到来。
于是，世界陷入了普遍的遗忘，而造物主正隐居于此。
难以言说的无限，它将如斯之平滑赋予了目光——哦，眩晕——又将如斯之澄澈赋予了心灵。
白昼的一条灯丝。
早已是漫天的大火；早已是无法言说的言说，那瞎了眼的正午。
黑暗即将来临。

"你真那么害怕自问自答,哪怕是独自一人之时?

"就像光骤然间惊悚地发现自己身为旧时的红星,可那不过是红星衰减的反射光而已。

"你不爱他还是太爱他?你甚至能说了解他么?

"他太悲痛了,你看到他时是不是只看到了他的悲伤?

"不过我已经开始喜欢他了。至少我有那么一刻是这样相信的。

"我在自己的孤独中紧紧抓住他,一如在大海的风暴中殊死搏斗的水手牢牢抓紧破碎的桅杆。

"哦,黑夜。清晨,我扯开嗓子呼喊它。

"他真的存在过么?现在呢?

"说呀,说出来呀。

"你见到他了。

"就像我见到你、你见到我一样。

"我见到你了么?你见到我了么?

"看看世界吧。看看自己吧。眼睛是否掌握着知识中那些未知的知识?它会不会也像大脑一样只为自己运转,而传输给我们的仅仅是那些我们能接近且能认知的一小部分,仿佛眼睛所见比它允许我们所见要多?

"如果造物主强加于其造物的表述禁忌仅仅是额外的证明,该当如何?

"在我们的目光沉沦之地,眼睛在造物主的缺席中看到了造物主;但造物主为了逃避我们的智慧,依旧警惕地让我们看不到他。

"唯有思考过的方能被感知。"

一位哲人说:"这个就是看么?

"是这个么?

"最好把眼睛闭上。这样,我从黑暗中学到的就比从事物表象中学到的更多。"

这位哲人又说:"你看不到造物主,但造物主能用你的眼睛看到你。"

他又接着说道:"神圣的是人的眼睛的余光。"

他曾经写道:"我想象有一个自愿封闭的空间,就像世上有一只攥紧的拳头,不时会有一缕阳光从拳头有意无意露出的指缝中穿过。

"于是我对自己说,或许我们的夜只是一只从未张开过的手掌里那难解的伤悲。

"哦,空无没想到的封闭。

"人性。非人性。"

那沙滩,那被大海的潮起潮落所抚慰并伤害着的荒凉的沙滩,它会欣赏我们的特异性么?

这就有如那五颜六色的嬉戏的海浪;总之,这是一场认真的游戏,死亡将在适当时机一展其虚荣心。

他说:"每一造物中都有之前的造物留下的虚空。"

有位哲人曾经写道:"造物主只能对不存在之物说'我在'。
"为了能使造物主'在',就需要世界悉数缺席。"

人是造物主的缺席,而造物主是人的缺席。
造物主通过其无形的在场为这两种缺席的未来羞涩作保。

*

每次的告别,都有如此多的告别。
为覆盖些许灰烬,竟需如许灰烬。

"他解释了长时间不在的原因——他最近去国外了。
"我告诉他我一直担心他,他耸了耸肩。我发现没有他的消息着实让我难捱。
"都几个月了?
"他回答说他没注意,因为从某个角度讲他始终是缺席的;这种缺席并不是说他脱离了人或世界,只是他不大关注时光的流逝而已。
"在我们聊天的那个房间里,我们脚下有一大堆书等着他阅读。
"他注意到我惊讶的表情,于是说:'合着的书怎么读?我的双手没有勇气打开这种书，肯定是怕唤醒那刻画我的痛苦，害怕那种痛苦会把我书写下来。我向往透明。因为这是我的希望所在。宇宙还没有黑到全黑的程度，所以如果我们把它弄暗，则必受惩罚。'

"我告诉他千万别停止写作，他扭头对我说：'我会割断我的手腕，因为我已终止与他人的联系了。''为什么，'我问，'为什么要这样？'他没作声。他肯定听到我说这句话了么？沉默横亘在我们中间。我不敢打破这种沉默，因为我突然明白正是这种沉默救了我们。

"'我会再来看你，'我起身说道，'如果你允许的话。'他没吱声。

"外面在下雨。我犹豫着是否应该直接回家。于是开始在巴黎游荡。夜半时分，我发现自己坐在公寓里。好像一整天都没离开家似的。

"合着的书怎么读？他说这句话的时候，我发现自己就是这么做的；我从没有打开过任何一本他的书。"

"如果你家里有他的书呢？"

"我写过书么？"

"我在你的词语里，我知道；因为你在我所有的词语里。

"显然，他在我们俩的词语里。

"如果那部彻底改变你的作品存在，那么他肯定存在。

"他叫什么？"

"我过去知道他叫什么。"

"记住他的名字对我们会有帮助。

"他叫什么？得由你来告诉我。"

"也许那不过是世界的永恒遗忘中被忘掉的某个名字。

"他曾在一个不离身的蓝皮小本上写下'关于风的思考'，其中有一段匆忙写就的文字令我印象尤深:'逐渐老去之时,为何我们的步履会变得愈发沉重?——因为我们曾经度过的时光比将要到来的时光更为轻盈。'"

　　　　　　　　夜晚的边缘,没人会问黑夜之所来,也不会问黑夜是谁。

　　　　　　　　　　　　*

　　"有天早上,我早早就空腹出门了,因为我要去圣日耳曼大街莫贝广场附近的医学实验室,我在那儿预约了体检。在学院街的法兰西公学附近,我突然与他相遇。他看上去很开心,身体也不错。我把这种感觉告诉了他,他直截了当地回答说:'您看,这种异乡人的身份让我感觉非常惬意。'他知道我急着赶路,我们就分手了。

　　"我想起了两位哲人之间的一段对话——但这段对话为何对当时的那个场合是贴切的呢?——恰好可以给他那句话做个注脚:

　　"'造物主对我们漠不关心,也许只是因为他忽视了自己对世界的责任。'

　　"'造物主竟懦弱如斯么?'

　　"'不是的;但他迷失了方向,掉进了自己控制的深渊中。'

　　"有一次我问他:'您在幻想什么?'——因为他看上去如此难以捉摸和心不在焉——他回答说:'我在幻想一种思想,这种思想既不表达自己的意图，又能继续思考自己的漂泊。'"

"一个幻想家？"

"一个流浪者。"

"世界的记忆和最不受待见之昆虫的生存权。说的是他么？"

"河流的智慧和海洋的疯狂。说的是他么？"

"永远激励生存的智慧。说的也是他么？"

"有一次，当我们追问他是否有某些公认的智慧标准存在且都是些什么样的标准时，他回答说：'我们很难判断他人的智慧，因为我们并不总能知道这种智慧在我们智慧的基准点上是在继续精微发展还是已成强弩之末，而我们自己的智慧也是在这个基准点上演进的。

"'要抬升或降低这个点，使其维持在与聆听等同的水平上。

"'知识的梯级间隔很大，远至记忆边缘，背景满是焦虑。

"'思考虚空的同时要思考宇宙。

"'思考虚无的同时要思考人。

"'从尘埃的颗粒到天上的星辰，这就是无辜卵石的整段逆向旅程。'"

"然后他又说道：'智慧中的智慧是存在的，此种智慧取决于直觉；哦，那是一种超卓的知识，是只有哲人才可能拥有的奥秘。'"

    要想被理解，先要学会理解。

    拥有虚无的智慧和一切的能力。

纯粹。纯正。

精确的过滤。

我们的谈话处于什么高度？——是我们希望所在的高度；但谈话有时也会犯晕而后中断。

"这位哲学家担心那位哲人会用一句话、一个手势就把他的知识轻而易举地碾成灰烬。"

愿你的思想不是杀人的长剑，而是救人的普通麦穗①。

要以经历过的、无可辩驳的证据来证明所有断言的正确，哪怕是最基础的证据。

此乃首选的礼物。

"另外，我们不是知道这位哲人喜欢以心灵的理性反对枯燥的理性、喜欢以灵魂资源无限为由反对精神具有上千种资源的理论么？

---

① 法语中，"长剑"（épée）和"麦穗"（épi）写法和读音相近。

"'造物主通过我们中的哲人理解了智慧。受他启发之人又给他以灵感。

"'人是个谜。我们与他人之间的关系之所以复杂,可能也是受到了这个谜的影响,因为我们都痴迷于这个谜。

"'虚空、丧失、沉默、缺席,都以其自己的方式证明造物主是铁了心要获取这一秘密的。'

"当有人问这位异乡人是否认为自己是个哲人时,他答道:'如果一位哲人能把自己从众人中区分出来,那他就不是哲人了。'"

> 他说:"我把我的老师称为'教师',因为这个词既有'主'的意思,又有'老师'的意思,这两层意思都能让我与他接近。"[1]

---

[1] 法语中,"教师"(enseigneur)和"主"(Seigneur)写法和读音相近。

七

…………

须知，我们最后的时辰未必就是我们的终极时辰，但可能是我们最后一个词语的时辰。

拒绝语言——哦，荒漠。拒绝言说，拒绝写作——哦，书的失败。

撕掉空白页吧，以免成为空白的牺牲品。

发音的字词是在勤劳的蜘蛛编织的蛛网上粘住的嗡嗡作响的昆虫。

空白页是为那只沉默、敏捷和贪婪的节肢动物预留的空间。

他说："当心空白。空白里藏着一只贪婪的怪物。

"它的座右铭是：吞噬一切。"

遭遇海难的人在荒凉的小岛上搁浅，忍受着口渴和饥饿的折磨，此时，他除了时时燃起一堆哀怨的大火，还能做些什么呢？那是他渺茫但有可能获救的机会。

换成作家，在此生死边缘，如果他向空无表明自己在场的唯一手段是将自己的作品付之一炬，该当如何？

有位哲人说过："真话即预言。"

为了让人与世界团结一致，沙粒需要一种声音来替代尘埃的声音。

每本被阅读的书中都有一本有待阅读但永远不会被读的书。
每次死亡都为时过早。

海滩，书之页面。
海洋，风之惊愕。
潮湿，无限的边缘。

他说："造物主无记忆，他失去了造物的踪迹。

"而人则对不认识造物主满不在乎。"

书挑战所有信念。

他说:"如果有朝一日书能把一位无名、陌生的读者变为朋友,对作者来说,他为此书付出的所有心血就没有白费。

"我把这些页面留给我那些大度的读者,我如今已经得知他们的存在,并认识了其中一些人的脸;因为正在经历的时刻永远都是正在告别的时刻。

"书的结尾还无法预测。因为还有另一个我陪伴着我;只有他知道我们将何去何从。

"这个他处之后,总有同一本将重复上千次的书;而在这个他处之前,总有即将到来、与之会合的书,但这个他处必须在关键时刻闭合。

"在生命的敕令写就之地,作家的命运就记录下来了。他的命运无非是悲哀的书写尽头。"

火焰将围困它的陷阱烧成了灰。

但对于"你为谁写作?"这个问题,他不是立刻就不假思索地回答说:"不为谁;或许是为了沉默吧,而沉默始终期待着某个人。"

*

"天空仿佛堆满了棉絮。路隐入浓雾中。

"在忘记了时光拒绝我们的一切之后,这一年先于本书而结束。

"徒自催逼自己又有何用?万事都很简单,不论是生存还是死亡。

"风驱散了威胁世界的厚厚云层。未来终会应许我们一个时辰的幸福生活么?

"你看看前面。你看到了什么?"

"我看到一条路和一个远行者。

"他独自一人。"

"他长什么样?"

"我正想为他杜撰一张脸,因为我只能看到他的背影。"

"他是谁?"

"肯定是个异乡人,腋下还夹着一本袖珍书。"

蚀

你用一只手遮住了自己的脸。
黑夜步入白昼。

他说:"造物主:在自由之书的熊熊烈焰中焚毁的书。"

哦,死亡,依旧被黎明之弧遮掩的星辰。
哦,毁灭,哦,太阳,那占有欲强烈、能书写一切的墨水所认定的猎物。
永恒以自己的反光点缀自身,黑色石英的瞬间格阵。

桥头的系缆环:航程开始。

码头的系缆环：见证回归。

每本书都是一部航行日志。

那位哲人说：

"哦，黄昏。如此说来，白昼过去了么？

"那是光为了宇宙永远闪亮而进行的一次失败的尝试么？

"死亡在此。而且，一切已成空无。"

谁都知道，某天早上有个人蹑手蹑脚从书的沉默中现身，他向前走着，没有任何字词、任何字母拦得住他，他不慌不忙，一直走到最后一页，在那儿，他顺从地消失了。

那位哲人又说："在那个未开发的空间里，有一本书，书中有上千条散落着符号的路，在虚空的牵拽下，这本书随机绕行，直至时光尽头。"

造物主发现，他的书敞开的地方就在他把自己抹掉的那一页。

    心慌意乱中，缺席的你在书中就自己的缺席向书诘问。

    每一在场都在词语中。

    大师问众弟子："谁认识我？当然是这本书。可它缄默不语。"

    他说："造物主是无限的缺席，这种缺席通过其自身的缺席而于缺席自身存在。"

哲人问："一位有失公正的大师如何能评判公正？

"啊，我们当中有谁敢说'我，我就很公正'？"

他又压低声音说道："造物主在猜疑的时候不是也问过自己同样的问题么？

"从此，这个问题就变成了我们的问题。"

大师对来客说：
"你能找到自己的位置么？"
"我的位置在哪儿？"
"在你的灵魂中央。"
"我怎么去呢？
"我觉得耗尽一生我也抵达不了。"
于是大师说道：
"你已经到了。从你面色上神圣的苍白我就能猜到。"
"站在你面前的我已一分为二。
"一半是我；另一半也是我。中间，什么也没有。"
于是大师又说：
"那就是你的位置。"

哲人说："我桌上留下了两本书——造物主的书和我自己的书。

"造物主拿走了我那本，我拿了另一本。"

*

有位哲人说过："造物主永远可以自由地进出我家。可为什么那异乡人，我那骗人的兄弟，却没有这种资格呢？"

他又接着说道："招待来客，要用多汁、软糯、香甜的水果，绝不能用虫蛀的。"①

一位年迈的大师说："既然待客，就应倾尽所有。"

一切，一种厚颜无耻的思想。
虚无，一种更为谦恭的思想。

质疑词语，意味着伫立于词语之源；犹如质疑存在，意味着始终伫立于存在之前一样。

源头或许就意味着质疑。

弟子问："我们无论做什么或去哪儿，总会发现又回到了起点，这

---

① 法语中，"虫蛀"（véreux）一词又有"不老实的、欺诈人的、刁滑的"和"可疑的、不正当的"等意思。

是真的么?"

"重要的是出发,"大师说,"目的地无非是同一个点的位移。"

他接着又说道:"这个点也许是个位置很偏、条件也很差的场域,乃至有天晚上出来寻找自己的造物主与造物主擦肩而过却没能看到他。"

……随后,造物主缄默了。此时,宇宙抬高了嗓门。

就这样,第一次,星星听到了星星,太阳听到了大地;源头听到了河流,火焰听到了火。

人听到了人,鸟儿听到了蚂蚁。

卵石听到了尘埃,树根听到了果实。

就这样,心灵与深渊首次抗争。

于是有了书。

于是轮到造物主首次在人的词语中读到自己。

他对自己也成了异乡人。

　　　　一位异乡人,既是造物主的光,也是他替身的影。

译后记

20世纪的法国文坛巨星云集,大师辈出。其中,集诗人、作家、哲学和宗教思想家于一身,与让-保罗·萨特、阿尔贝·加缪、克洛德·列维-斯特劳斯并称四大法语作家的埃德蒙·雅贝斯绝对是一位绕不过去的人物。

先看看诸位名家如何评价他吧:

勒内·夏尔[①]说,他的作品"在我们这个时代里是绝无仅有的……";

加布里埃尔·布努尔[②]说,"信仰的渴望、求真的意志,化作这位

[①] 勒内·夏尔(René Char,1907—1988),法国诗人。年轻时受超现实主义影响,曾与布勒东、艾吕雅合作出版过诗集。第二次世界大战期间参加抵抗运动。法国光复后被授予骑士勋章,并出版多部诗集。1983年,其全部诗作被伽利玛出版社收入"七星文库"出版。
[②] 加布里埃尔·布努尔(Gabriel Bounoure,1886—1969),法国诗人、作家,雅贝斯的好友。

诗人前行的内在动力。他的诗弥散出他特有的智慧、特有的风格……";

雅克·德里达[①]说,他的作品中"对书写的激情、对文字的厮守……就是一个族群和书写的同命之根……它将'来自那本书的种族……'的历史嫁接于作为文字意义的那个绝对源头之上,也就是说,他将该种族的历史嫁接进了历史性本身……";

哈罗德·布鲁姆[②]将他的《问题之书》和《诗选》列入其《西方正典:伟大作家和不朽作品》(*The Western Canon: The Books and School of the Ages*);

而安德烈·维尔泰[③]则在《与雅贝斯同在》(*Avec Jabès*)一诗中径自表达了对他的钦敬:

> 荒漠之源在圣书里。
> 圣书之源在荒漠中。
> 书写,献给沙和赤裸的光。
> 话语,萦绕孤寂与虚空。
> 遗忘的指间,深邃记忆的回声。
> 创造出的手,探索,涂抹。
> 当绒蓟死去,声音消融。
> 迂回再无踪影。

---

① 雅克·德里达(Jacques Derrida,1930—2004),法国哲学家、符号学家、文艺理论家和美学家,犹太人,出生于阿尔及利亚,西方解构主义的代表人物。
② 哈罗德·布鲁姆(Harold Bloom,1930—2019),美国作家、文学评论家。
③ 安德烈·维尔泰(André Velter,1945—),法国诗人、文学评论家。本诗选自其诗集《孤树》(*L'Arbre-Seul*),法国:伽利玛出版社,1990,第 150 页。

在你在场的符号里，你质疑。

在你影子的垂落中，你聆听。

在你缺席的门槛上，你目视神凝。

再也没有了难解之谜。

荒漠之源就在你心中。

古人云："颂其诗，读其书，不知其人，可乎？是以论其世也，是尚友也。"我们只有了解了雅贝斯的生活思想和他写作的时代背景，准确把握其所处时代的脉搏，识之，友之，体味之，或许方能有所共鸣，一窥其作品之堂奥。

埃德蒙·雅贝斯，1912年4月16日生于开罗一个讲法语的犹太人家庭，自幼深受法国文化熏陶。年轻时，他目睹自己的姐姐难产而死，受到莫大刺激，从此开始写诗。1929年起开始发表作品。1935年与阿莱特·科昂（Arlette Cohen，1914—1992）结婚，婚后首次去巴黎，拜访了久通书信、神交多年的犹太裔诗人马克斯·雅各布[①]，并与保罗·艾吕雅[②]结下深

[①] 马克斯·雅各布（Max Jacob，1876—1944），法国诗人、散文家和画家，犹太人，雅贝斯的良师益友，其诗歌兼具立体主义和超现实主义色彩，且有人性和神秘主义倾向，在20世纪初法国现代诗歌探索阶段曾发挥重要作用。1944年死于纳粹集中营。

[②] 保罗·艾吕雅（Paul Éluard，1895—1952），法国诗人。1911年开始写诗。1920年与布勒东、阿拉贡等人加入达达主义团体，1924年参与发起超现实主义运动。第二次世界大战期间参加反法西斯斗争。一生出版诗集数十种。《法国当代诗人》一书评价说，"在所有超现实主义诗人中，保罗·艾吕雅无疑是成就最高的作家之一"，"他精通如何把'荒谬事物的不断同化'有机地融入他对自由的无比渴望之中"。艾吕雅与雅贝斯私交甚笃，他是最早向世人推介雅贝斯的法国诗人。

厚的友谊。

他与超现实主义诗人群体往来密切，但拒绝加入他们的团体。

第二次世界大战的残酷惨烈令雅贝斯不堪回首。战后的 1945 年，他成为多家法国文学期刊特别是著名的《新法兰西评论》[①]的撰稿人。

1957 年是雅贝斯一生中最为重要的转折点：1956 年，苏伊士运河危机[②]爆发，埃及政府宣布驱逐犹太居民，四十五岁的雅贝斯被迫放弃了他在开罗的全部财产，举家流亡法国，定居巴黎，直至去世。惨痛的流亡经历令雅贝斯刻骨铭心，对他此后的思想发展和创作轨迹影响至深。

身在异国他乡，雅贝斯将背井离乡的感受化作文学创作的源泉，他的作品充满了对语言的诘问和对文学的思索，并自觉地向犹太传统文化靠拢。雅贝斯后来谈到，正是这次流亡改变了他的人生，迫使他不得不重新面对并审视自己的犹太人身份，并促使他开始重新研读

---

① 《新法兰西评论》（*La Nouvelle Revue française*），法国著名文学刊物，1909 年由诗人、作家安德烈·纪德（André Paul Guillaume Gide，1869—1951）等人创办。
② 苏伊士运河危机（la crise du canal de Suez），又称第二次中东战争、苏伊士运河战争、西奈战役或卡代什行动。1956 年，埃及宣布将苏伊士运河收归国有，英国和法国为夺回苏伊士运河的控制权而与以色列（为打开苏伊士运河使以色列船只得以通航）联合，于 1956 年 10 月 29 日对埃及发动军事行动。在国际社会的普遍指责和美苏两国的巨大压力下，英法两国于 11 月 6 日被迫接受停火决议，以色列也在 11 月 8 日同意撤出西奈半岛。英法两国的军事冒险最终以失败告终，只有以色列在一定程度上达到了自身目的。这次危机也标志着美苏两个超级大国成为主宰中东乃至全世界的力量。

犹太教经典——《摩西五经》①、《塔木德经》②和犹太教神秘教义"喀巴拉"③。雅贝斯说，在流亡中面对自己犹太人身份的经历以及对犹太教经典教义的研究，正是他此后一系列作品的来源。

1967年，雅贝斯选择加入法国国籍。

雅贝斯是一位书写流亡与荒漠、话语与沉默的作家。针对德国哲学家西奥多·阿多诺关于"奥斯威辛之后没有诗歌"的观点④，雅贝斯认为纳粹大屠杀的惨剧（以及苏伊士运河危机中的排犹色彩）不仅有助于探

---

① 《摩西五经》(Sefer Thora)，又称摩西五书、律法书、摩西律法或托拉，是犹太人对《圣经·旧约》最初的五部经典——《创世记》《出埃及记》《利未记》《民数记》和《申命记》——的称呼，是犹太教经典中最重要的部分，同时也是公元前6世纪以前唯一一部希伯来律法汇编，曾作为犹大国的国家法律规范，即便在犹大国亡国后也依旧以习惯法的形式自动调节犹太人的生活。传统上一向认为，这五部经典是摩西接受上帝的启示而撰写的，内容是古代以色列人的民间故事，记载了以色列民族的起源，尤其是创世的上帝对他们的启示，其主要思想包括六个重要的教义：上帝的创世、人的尊严与堕落、上帝的救赎、上帝的拣选、上帝的立约和上帝的立法。

② 《塔木德经》(le Talmud)，犹太律法、思想和传统的集大成之作。公元1—2世纪，犹太人恢复独立的愿望被罗马帝国粉碎，于是将目光转向传统律法的研究和编纂。以后各个时代的判例和新思想都汇入到了《塔木德经》之中，使分散于世界各地的犹太人得以跨越距离、风俗和语言的差异，通过《塔木德经》而紧密联系在一起。《塔木德经》有两个版本，分别为3世纪中叶在巴勒斯坦编纂的耶路撒冷版和6世纪改订增补后的巴比伦版。

③ 喀巴拉（La Kabbale），希伯来文"הלכב"的音译，意为"接受传授之教义"，表示接受根据传说传承下来的重要知识。13世纪以后，"喀巴拉"一词泛指一切犹太教神秘主义体系及其派别与传统。

④ 西奥多·阿多诺（Theodor Wiesengrund Adorno，1903—1969），德国哲学家、社会学家、音乐理论家，犹太人，法兰克福学派第一代的主要代表人物，社会批判理论的理论奠基者。他在1955年出版的文集《棱镜》(Prismes) 中有一句名言："奥斯威辛之后，写诗是野蛮的。"

索犹太人的身份及其生存的语境,也是反思文学与诗歌固有生命力的重要场域。阿多诺将大屠杀视为诗歌终结的标志,雅贝斯则认为这正是诗歌的一个重要开端,是一种修正。基于这一体认,他的诗集《我构筑我的家园》(*Je bâtis ma demeure*)于 1959 年出版,收录了他 1943—1957 年间的诗作,由他的好友、诗人和作家加布里埃尔·布努尔作序。雅贝斯在这部诗集的前言中写道:"从开篇到第二次世界大战的那些年,犹如一段漫长的回溯之旅。那正是我从最温情的童年到创作《为食人妖的盛筵而歌》那段时期。而与此同时,死亡却在四处疯狂肆虐。一切都在崩塌之际,这些诗不啻拯救的话语。"

此后,雅贝斯呕心沥血十余年,创作出七卷本《问题之书》(*Le Livre des Questions*,1963—1973),并于其后陆续创作了三卷本《相似之书》(*Le Livre des Ressemblances*,1976—1980)、四卷本《界限之书》(*Le Livre des Limites*,1982—1987)和一卷本《腋下夹着一本袖珍书的异乡人》(*Un Étranger avec, sous le bras, un Livre de petit format*,1989)——这十五卷作品构成了雅贝斯最负盛名的"问题之书系列"(*Le Cycle du Livre des Questions*)。

除上述作品外,雅贝斯还创作了随笔集《边缘之书》(*Le Livre des Marges*,1975—1984)、《对开端的渴望·对唯一终结的焦虑》(*Désir d'un commencement Angoisse d'une seule fin*,1991)、短诗集《叙事》(*Récit*,1979)、《记忆和手》(*La mémoire et la main*,1974—1980)、《召唤》(*L'appel*,1985—1988)以及遗作《好客之书》(*Le Livre de l'Hospitalité*,1991)等。

1991 年 1 月 2 日,雅贝斯在巴黎逝世,享年七十九岁。

雅贝斯的作品风格独树一帜，十分独特，实难定义和归类。他在谈及自己的创作时曾说，他始终为实现"一本书"的梦想所困扰，就是说，想完成堪称真正的诗的一本书，"因此我梦想这样一部作品：一部不会归入任何范畴、不会属于任何类型的作品，却包罗万象；一部难以定义的作品，却因定义的缺席而大可清晰地自我定义；一部未回应任何名字的作品，却一一担负起了那些名字；一部横无际涯的作品；一部涵盖天空中的大地、大地上的天空的作品；一部重新集结起空间所有游离之字词的作品，没人会怀疑这些字词的孤寂与难堪；一处所有痴迷于造物主——某个疯狂之欲望的尚未餍足之欲望——的场域之外的场域；最后，一部以碎片方式交稿的作品，其每个碎片都会成为另一本书的开端……"。

美国诗人保罗·奥斯特（Paul Auster, 1947—) 1992年在其随笔集《饥饿的艺术》（*L'Art de la faim*）中这样评价他的独特文体：

> （那些作品）既非小说，也非诗歌，既非文论，又非戏剧，但又是所有这些形式的混合体；文本自身作为一个整体，无尽地游移于人物和对话之间，在情感充溢的抒情、散文体的评论以及歌谣和格言间穿梭，好似整个文本系由各种碎片拼接而成，却又不时地回归到作者提出的中心问题上来，即如何言说不可言说者。这个问题，既是犹太人的燔祭，也是文学本身。雅贝斯以其傲人的想象力纵身一跃，令二者珠联璧合。

沉默是雅贝斯文本的核心。他在"问题之书系列"中详尽探讨了语言与沉默、书写与流亡、诗歌与学术、词语与死亡之间错综复杂的关系，以期超越沉默和语言内在的局限，对词语与意义的根源进行永无止境的探求，并借此阐发自己的思考和感悟。正如美国诗人罗伯特·邓肯（Robert Duncan, 1919—1988）在其随笔《意义的谵语》（*The Delirium of Meaning*）中所说，"《问题之书》似乎是在逾越字面意义的边界，引发对意义中的意义、字词中的字词的怀疑和猜测"。雅贝斯正是凭借在创作中将犹太教经典的文本性与个人的哲学研究相结合的方法，通过持续不断地提出无休无止的问题，并借这些问题再行创作的超卓能力而获得了成功。

雅克·德里达高度评价雅贝斯的"问题之书系列"，他在《论埃德蒙·雅贝斯与书之问题》[①]一文中写道：

在《问题之书》中，那话语音犹未改，意亦未断，但语气更显凝重。一枝遒劲而古拙的根被发掘出来，根上曝露着一道年轮莫辨的伤口（因为雅贝斯告诉我们说，正是那根在言说，是那话语要生长，而诗意的话语恰恰于伤口处萌芽）：我之所指，就是那诞生了书写及其激情的某种犹太教……若无信实勤敏的文字，则历史无存。历史正因有其自身痛苦的折痕，方能在获取密码之际反躬自省。此种反省，也恰恰是历史的开端。唯一以反省为开端的当属

---

① 《论埃德蒙·雅贝斯与书之问题》（*Edmond Jabès et la question du livre*），原载雅克·德里达论文集《书写与差异》（*L'écriture et la différence*），法国：索耶出版社（Éditions du Seuil），1967，第99—116页。

历史。

雅贝斯这种尝试以片段暗示总体的"跳跃—抽象"创作模式以及他的马赛克式的诗歌技巧,对20世纪的诗人和作家产生了极其重大的影响。1987年,他因其诗歌创作的成就而荣获法国国家诗歌大奖。更为重要的是,他对后现代诗歌以及对莫里斯·布朗肖[1]、雅克·德里达等哲学家思想的影响,已然勾勒并界定出一幅后现代文学的文化景观,他自己也成为众多专家学者研究的对象。他的作品被译成包括英语、德语、西班牙语、瑞典语、希伯来语和意大利语在内的多种文字出版。特别值得一提的是,他的《问题之书》由罗丝玛丽·瓦尔德洛普[2]"以大师级的翻译"(卡明斯基[3]语)译成英文在美国出版时曾引起巨大的轰动,被视为重大的文学事件。

由广西师范大学出版社出版的这套《埃德蒙·雅贝斯文集》,系首次面向中文读者译介这位大师。文集收录了"问题之书系列"的全部作品——《问题之书》《相似之书》《界限之书》和《腋下夹着一本袖珍书的异乡人》——以及诗集《我构筑我的家园》和随笔集《边缘之书》,

---

[1] 莫里斯·布朗肖(Maurice Blanchot,1907—2003),法国作家、哲学家和文学评论家,其著作对后结构主义有重大影响。
[2] 罗丝玛丽·瓦尔德洛普(Rosmarie Waldrop,1935—),美国诗人、翻译家和出版人,雅贝斯"问题之书系列"的英译者。生于德国,1958年移居美国。
[3] 卡明斯基(Ilya Kaminsky,1977—),美国诗人、大学教授。犹太人,生于苏联(现乌克兰),1993年移居美国。所引文字系其为《ECCO世界诗选》(*The ECCO Anthology of International Poetry*)所作的序言《空气中的交谈》。

共六种十九卷，基本涵盖了雅贝斯最重要的作品。

感谢我的好友叶安宁女士，她以其后现代文学批评的专业背景和精深的英文造诣，依据罗丝玛丽·瓦尔德洛普的英译本，对我的每部译稿进行了专业、细致的校订，避免了拙译的诸多舛误，使之能以其应有的面貌与读者见面。

感谢我的北大老同学萧晓明先生，他在国外不辞辛苦地为我查阅和购置雅贝斯作品及各种文献资料，为我的翻译和研究提供了巨大的帮助。

感谢中国社会科学院宗教研究所研究员黄陵渝女士，她对我在翻译过程中提出的犹太教方面的各种问题总能详尽地答疑解惑，使我受益匪浅。感谢我的北大校友、中国社会科学院宗教研究所研究员刘国鹏先生，是他介绍我与黄陵渝研究员结识。

感谢我的兄长刘柏祺先生，作为拙译的首位读者，他以其邃密的国文功底，向我提出了不少极有价值的修改建议，并一如既往地承担了全部译作的校对工作。

感谢法国驻华使馆原文化专员安黛宁女士（Mme. Delphine Halgand）和她的同事张艳女士、张琦女士和周梦琪女士（Mlle. Clémentine Blanchère）。她们在我翻译《埃德蒙·雅贝斯文集》的过程中曾给予我诸多支持。

感谢广西师范大学出版社多马先生，他为《埃德蒙·雅贝斯文集》的选题和出版付出了极大心血。

对译者而言，首次以中文译介埃德蒙·雅贝斯及其作品，是一个全新的挑战。因个人水平有限,译文中难免存在这样那样的谬误,还望方家不吝赐教。

译者
己亥年重阳于京北日新斋